Madre de corazón atómico

Novela

Agustín Fernández Mallo

Madre de corazón atómico

Una historia verdadera

Seix Barral

PEFC Certificado

Este libro procede de bosques gestionados de forma sostenible

PEFC/14-38-00305 www.pefc.es

Seix Barral, un sello editorial de Editorial Planeta, S. A.
Avda. Diagonal, 662-664, 08034 Barcelona (España)
www.seix-barral.es
www.planetadelibros.com

Adaptación de la cubierta: Booket / Área Editorial Grupo Planeta
Fotografía de la cubierta: *Smoothie*, © Helga Stentzel
Primera edición en Colección Booket: octubre de 2025

Depósito legal: B. 13.875-2025
ISBN: 978-84-322-4902-0
Impreso en España

Biografía

Agustín Fernández Mallo nació en La Coruña en 1967 y es licenciado en Ciencias Físicas. En 2000 acuña el término *poesía postpoética* —conexiones entre arte y ciencias—, cuya propuesta poética se refleja en el volumen *Ya nadie se llamará como yo + Poesía reunida (1998-2012)* (2015), que recoge todos sus poemarios, algunos de ellos galardonados, e incluye uno inédito. En ensayo ha publicado *Postpoesía, hacia un nuevo paradigma*, finalista del Premio Anagrama de Ensayo en 2009; *Teoría general de la basura*, Premio Cálamo Extraordinario 2018; *La mirada imposible* (2021) y *La forma de la multitud* (2023), I Premio de Ensayo Eugenio Trías. Su narrativa incluye las novelas *Nocilla Dream* (2006), *Nocilla Experience* (2008), *Nocilla Lab* (2009), recogidas en Proyecto Nocilla (2013), que han sido señaladas por la crítica y el público como renovadoras de las letras en español y merecedoras del Premio Europeo de Literatura 2022; también *El hacedor (de Borges) Remake* (2011), *Limbo* (2014), *Trilogía de la guerra* (2018, Premio Biblioteca Breve y English PEN Award), *El libro de todos los amores* (2022) y *Madre de corazón atómico* (2024). Junto con Eloy Fernández Porta ha desarrollado el dúo de *spoken word* Afterpop, Fernández & Fernández; con Juan Feliu, el grupo musical Frida Laponia, y con Pilar Rubí el proyecto sonoro Revinientes. Su blog es *El hombre que salió de la tarta*. Sus libros se han traducido a más de diez idiomas, y la crítica y los lectores de cada país destacan de ellos la alta calidad literaria y la apertura conceptual hacia otros espacios y modos de narrar.

Recordemos que la población animal que se encuentra bajo la hierba tiene un peso por lo menos dos veces más elevado que los bovinos que pastan en esa misma hierba. Resulta lógico, por lo tanto, que nuestros esfuerzos no se limiten solamente a la selección del ganado vacuno, sino que se extiendan igualmente a los animales del subsuelo del pasto.

Dinámica de los pastos,
André Voisin

ANTES

Se me aparece una imagen: mi padre todavía vive y me dice, «coge esos arándanos, pero no comas demasiados, es un fruto que tiene mucho ácido benzoico, incluso puede envenenar a gatos como tú».

Hoy, 25 de febrero de 2024, hace doce años que con ochenta y siete años de edad murió mi padre.

No deja de producirme inquietud haber comenzado así estas notas, «Hoy, 25 de febrero de 2024, hace doce años que...», palabras que tienen un tono de cuaderno de bitácora, de personas que exploran aguas que por mucho que sean navegadas siempre les serán extrañas, viajeros que se adentran en un mar que termina en una catarata: la vida. Como si yo mismo especulara que la Tierra es plana. Tarde o temprano el mapamundi se acaba, te caes.

También podría haber comenzado diciendo, «los años han muerto pero al tiempo no le ha pasado nada», y no estaría mintiendo porque cuando alguien muere el tiempo finge seguir su curso como si nada.

O de esta otra manera, «tardas algún tiempo en darte cuenta de que la gente muere para hacerse imprescindible», y esta frase tampoco dejaría de ser cierta. Tras doce años escribiendo estas páginas llegas a una inesperada y magnífica conclusión: la muerte es una clase de resurrección, no es un final sino un punto de partida. El muerto reaparecerá, se hará presente en tu vida muchas veces y de mil formas distintas.

De cualquier modo, cuando escribes acerca de lo que fue la existencia de alguien tan cercano a ti, te preguntas si estás observando la historia de otro o si estás dentro —como parte indisoluble— de su historia, única e intransferible. Hay una regla general, una suerte de ley no escrita, por la cual uno no debe intentar volver a lo que un día fue su paraíso. Resultará un movimiento al que sólo le aguarda la decepción. Los paraísos aparecen sin cálculo previo y sin porqué, no pueden anticiparse, ocurren y ya está. No existe una ciencia del Paraíso, tampoco de la Catástrofe. Paraíso y Catástrofe son la misma cosa. La única ciencia que existe, la única en la que vale la pena pensar, es la de los diferentes decorados y teatros que vamos atravesando. Todo humano comienza y termina sus días en un escenario; nacemos en el de la carne cruda del parto, morimos en el de una tierra con flores y lápida ornamentada.

He venido a La Coruña a ver a mi madre. Estoy sentado en el despacho que fue de mi padre, aún con sus libros y papeles alrededor. Hemos tirado una gran cantidad de cosas pero queda mucho trabajo de revisión que mis hermanas y yo vamos demorando; sabemos que nuestra madre nunca lo hará. Ver los objetos de un muerto, objetos de su cotidianidad y sin el valor específico que el viviente les otorgaba, produce la sensación de una colección de cosas halladas en una preciadísima excavación arqueológica, y no obstante inservibles. Me siento en su mesa del ordenador, separada apenas un metro de su otra mesa, la de despacho propiamente dicha. Una mesa para los asuntos analógicos y otra para los digitales; mundos que, como acostumbra a ocurrir en la gente de su generación, nunca fueron completamente integrados el uno en el otro. A la izquierda del PC que fue suyo, se alza todavía el taco de folios que él usaba para anotaciones en sucio. Una hoja se halla totalmente en blanco excepto por una impresión al pie, tan residual que tardo en detectarla.

http://www.montevideo.com.uy/nottiempolibre_116072_1.html

En sus últimos años, y una vez le convencimos para que se jubilara, cosa que finalmente aceptó a una edad de ochenta y pocos, Internet constituyó para él un buen pasatiempo. Sabíamos que, llegado el momento de dejar su trabajo, sustituiría su siempre incesante actividad profesional por otra, por cualquier otra con tal de que ésta no le hiciera sentir el proceso de desecación personal y social que experimenta todo cerebro en sus últimos años de vida. Le animamos a usar la Red. Su carácter respondía al arquetipo de lo que genéricamente podemos denominar *humano del siglo XX*, cifrado en una incondicional fe en el *progreso*. Esa clase de ciudadano que, habiendo nacido en el filo del hasta la fecha penúltimo régimen monárquico, habiendo sido niño en la dictadura de Primo de Rivera y en la Segunda República, adolescente en la guerra civil, y viéndose obligado a estudiar y a iniciar su actividad profesional veterinaria en la posguerra dictatorial, para finalizarla ya en plena democracia del siglo XXI, se hallaba firmemente convencido de que sólo el progreso nos haría técnica y moralmente mejores. Supongo que por eso fui el primero de mi clase en tener una calculadora. Una Texas Instruments del tamaño de un libro. La trajo una tarde a casa, debía contar yo con unos siete años; para mi disgusto —y de él—, en el colegio me prohibieron usarla. Supongo también que por eso en aquellos años lo recuerdo en su despacho, con un magnetófono de bolsillo, Grundig, comprado en alguno de sus viajes de trabajo al extranjero, y muy valorado por entonces entre los profesionales liberales, grabando de viva voz ideas referentes a posibles mejoras de explotaciones agrarias, o modos de acometer de manera más eficaz determinadas curas en animales; después, él mismo las oía y transcribía, a máquina, y ya entonces, en aquellos años de infancia —esos en los que todo es metamorfosis—, a mí me parecía que su voz, mientras la grababa, y después, cuando la escuchaba a través del pequeño altavoz, no respondía a la misma persona. Transformación sonora que muchos años más tarde se revelaría importante. Traía a casa todo tipo de objetos que hoy, con el cinismo que da la retrospectiva, calificaríamos de pop tecnológico, y que en aquel momento eran simple y llanamente la punta de lanza de la vida, cosas de una solidísima seriedad aún no fagocitada por las promociones comerciales. Cuando se enteró de que existía un electrodoméstico llamado «microondas», lo compró de inmediato; aún lo conservamos, grande como un armario ropero, apoya sus cuatro patas de animal doméstico, cuadrúpeda mascota, en la encimera de la cocina en la que hace cuarenta años fue puesto el primer día, lo único que ha necesitado para seguir sano es girar sobre sí mismo, darse calor interior en tanto ha ido calentando y cuidando los alimentos de toda una familia; una forma como otra cualquiera de demostrar —en este caso por la vía tecnológica— que nada ni nadie puede cuidar a los demás si, en primer lugar, no se cuida a sí mismo.

Pero no es que a él le interesara la tecnología en sí, no se trataba de lo que hoy podríamos asimilar a un arquetipo *geek* —que al fin y al cabo es un místico de una deidad tecnología—, sino lo que la tecnología trae asociada a fin de llevar a cabo objetivos concretos; el horizonte utópico al que antes me he referido como *progreso*, común a todo el siglo XX. En la mesa de comedor familiar —la de su despacho se le quedaba pequeña e iba colonizando otras superficies planas de la casa—, solía manejar planos topográficos, aparatos de medida, escalímetros, esquemas de naves industriales, textos técnicos y revistas de ciencias biológicas y veterinarias. Después metía todo aquello en un maletín, se iba y en ocasiones no regresaba hasta la noche. En aquellos años, principios de los setenta, los objetos tenían un valor y un sentido muy diferentes a los que poco después implantaría el consumo masivo; por decirlo de algún modo, los objetos eran metafísicos, se manufacturaban y vendían con un *ser* dentro, un alma que los acompañaba hasta su total extinción, jamás se tiraban a la basura, eran reparados y se les daba uso como a legítimos seres vivientes. Lo estoy viendo con su jersey de ochos —por algún motivo que desconozco le gustaban los jerséis de ochos—, calcetado por mi madre; cada noche, tras quitarse la chaqueta y la corbata, se lo ponía para cenar. De postre tomaba una manzana que, antes de pelarla, partía en cuatro partes simétricas. Ingería cada una de esas cuatro porciones en dos mordiscos, de modo que la manzana quedaba reducida a ocho bocados, a algo que podía numerarse. Lo que no se numera, o lo que de algún modo no se mide, no existe —parecía dar a entender con ello—; es importante numerar bien los objetos materiales para, precisamente, dejarlos atrás y poder pensar en todo aquello que no son números, alcanzar la parte soñada que hay en todas las cosas. Sólo cuando fui adulto entendí que la profusión de materias que en su profesión manejaba, así como la cantidad de objetos de trabajo de los que se servía, no respondían a una disciplina científica homogénea, sino que su quehacer profesional se hallaba inmerso en una heterodoxia, personalísimo modus operandi que combinaba multitud de relaciones prácticas y teóricas, entre distintas ramas de las ciencias. En uno de sus textos, el médico y poeta norteamericano William Carlos Williams (Nueva Jersey, 1883-1963) escribió:

> En un poema nada cabe de naturaleza sentimental. Quiero decir que, como cualquier máquina, debe carecer de ingredientes superfluos. Su movimiento es un fenómeno de carácter más físico que literario.

No pretendo aquí hacer paralelismo alguno, ni mucho menos impostar biografías, pero creo que él hubiera estado de acuerdo con esas palabras de William Carlos Williams. Se las leí una vez que nos quedamos solos, en la fase final de su enfermedad; no dijo nada; puede que no las escuchara; a veces hablamos a los muros incluso sabiendo que ya son una sucesión de piedras. Todos aquellos materiales de trabajo, hallazgos propios de la creatividad, parabienes profesionales y fracasos, que también los hubo, responden a una forma de pensamiento en el que la tecnología y los organismos conforman un todo, el sueño del humano acoplado a la máquina, la romántica idea —una vez más— del progreso. Respecto a la utopía tecnológica propiamente del siglo XXI, que no es otra que la del humano diluido en la Red, también en sus últimos años él participó de ella, o al menos, dada su avanzada edad, lo intentó. Resulta amargo y simultáneamente una impagable lección de vida asistir al modo en el que una mente gasta sus últimos esfuerzos en intentar comprender algo que ya no es de su tiempo, observar tú ese proceso sin poder hacer nada para evitarlo; el camino por el cual un cerebro no descansa hasta el agotamiento de sus días —hasta el completo agotamiento—, aun sabiendo que aquello que desea alcanzar es de otra época, un futuro que ya no le pertenece. Una forma como otra cualquiera de comprobar lo difícil que resulta morirse, probablemente mucho más difícil que nacer. Transitamos toda nuestra vida entre dos cavernas, la del útero y la del cerebro, de las que jamás podemos salir. Creo que si hubiera cedido sus órganos para trasplantes o a la ciencia, hubiera dejado dicho que entre esos órganos no incluyeran al cerebro. Una manera de decir: yo soy lo que yo pensé, y no cualquier otro pensamiento. Dos grandes pulsiones sustentaron el siglo pasado —es posible que todos los siglos—. La primera la ejemplifica una sentencia atribuida a Artaud: «me autodestruyo para saber que soy yo y no todos vosotros»; la segunda, y parafraseando a la primera, sería: «me construyo para saber que soy yo y no todos vosotros». Evidentemente, él estaba en este segundo impulso.

No obstante, entró en el 2000 con buen pie. Usaba Internet para uno de los asuntos que en sus últimos años más le preocuparon, la alimentación animal a través de los desechos industriales de las sociedades de consumo, lo que vagamente damos en llamar «reciclaje». Este interés, además de albergar obvias intenciones personales o ecológicas, se debía a algo más, una suerte de sueño, extraer oro no ya del barro sino del infrabarro creado por la actividad humana. En aquellos años del nuevo milenio, su nieto, físico de profesión y dedicado a estudios de impacto ambiental, de algún modo supo de la existencia de un sistema de reciclaje de residuos orgánicos animales ideado por científicos de Israel. Hacía años que él ya había puesto en marcha tal sistema en diversas explotaciones ganaderas. A pesar de su avanzada edad, con emoción, no tardó en contactar con aquellos investigadores para brindarles su experiencia y conocimientos. La importancia de la alimentación animal y humana, incluso su evolución dentro de la Historia. En varias ocasiones me contó cómo el concepto *mesa de comedor* lo inventó Luis XIV en Francia. Su predecesor, Luis XIII, comía allí donde se hallara a las 12 del mediodía; sus sirvientes transportaban una mesa por todo el Palacio y la montaban en cualquier espacio exterior o interior para que el Rey fuera servido. El cambio de la mesa móvil a la mesa fijada en algún lugar de la vivienda, además de parecerle sumamente gracioso, lo tenía por un fundamental salto evolutivo desde una suerte de «nomadismo doméstico» a la estabilidad que toda construcción destinada a vivienda necesita, el paso de la *casa* al *hogar*. No obstante, dado su infatigable ritmo de trabajo, bromeaba con que a él le hubiera gustado ser como Luis XIII, que alguien le siguiera a todas partes con una mesa portátil y comer allí donde estuviera. Me parece estar oyéndolo: que el mundo está lleno de buenas ideas es un hecho que ahora, con Internet, se ha puesto de manifiesto, pero una idea que no se lleva a cabo carece de valor, no existe. En efecto, la fe en el progreso no podía pasar sino por su correspondiente y posterior acción, por el choque dialéctico que conecta para siempre al humano con la materia. Creo que por eso nunca aprobó del todo mi afición por los proyectos meramente teóricos y faltos de una aplicación práctica; para él constituían un simple entretenimiento, una maqueta de la realidad de la misma manera que una casa de muñecas es eso, una casa para seres inertes, no un legítimo hogar. En ese inútil y meramente teórico limbo situaba también el género de la novela, ocio reservado a burgueses desocupados y folletines contemporáneos. Cuando mi obra literaria se hizo conocida se dedicó a recopilar algunas de las noticias o entrevistas que de mí aparecían en la prensa. Como se habrá podido adivinar, nunca dio mucho crédito a mi actividad de novelista; en contraposición respetaba mucho otros géneros como el ensayo y la poesía; de hecho, nunca me felicitó por ninguna de mis novelas, se limitaba a sonreír cuando le ponía algún nuevo volumen, ya editado, entre sus manos. Una de las señales que me dio a entender que yo ya estaba vitalmente emancipado de la «figura del padre» fue el hecho de que esa indolencia suya respecto a mis novelas nunca me afectara lo más mínimo; no sólo llegué a entenderla sino que terminó por gustarme tal desprendimiento. No obstante, cuando me iba de viaje al extranjero él solía seguir mis pasos por las noticias aparecidas en la prensa web. Sin duda el folio en blanco al que antes me he referido, situado al lado de su PC y en un bloque de hojas destinadas a notas en sucio, con esa dirección web en su parte inferior, es la resultante del intento fallido de imprimir algún reportaje mío aparecido en la prensa de Montevideo, cuando en verano de 2010 viajé a Latinoamérica para la promoción de alguna de mis novelas. Fue aquel viaje uno de los más gratificantes de cuantos he hecho por trabajo. Allí, en Montevideo, ciudad que por no sé qué motivo me recordaba a Lisboa, escribí y filmé una gran cantidad de material que me serviría para posteriores libros. Y sin embargo esa hoja en la que él imprimió esa dirección web, y que tengo ahora a mi izquierda, por lo demás está completamente en blanco. Durante varios minutos he estado mirando ese blanco de celulosa, y me he preguntado si con la escritura de estas líneas lo que pretendo es rellenar ese hueco, ese espacio vacío. Y también me he preguntado si ese espacio en blanco es en realidad una desaparición, una alegoría de lo que un año más tarde de aquel viaje mío a Montevideo sucedería: su pérdida de memoria y, al año siguiente, su posterior muerte, en febrero de 2012. No lo sé. Estúpidas preguntas. A posteriori las cosas cobran el sentido que queramos darles. La memoria es literatura o no es. Después de todo, quizá sus opiniones acerca de la novela no fueran tan desencaminadas.

Si es cierto que todas las relaciones de pareja comienzan como algo irreal que, tarde o temprano, se convertirá en real, la relación con los padres sigue el camino exactamente inverso: desde el instante en el que naces, la más empírica y carnal realidad va mutando hacia el reino de la fantasía, la idealización de los progenitores, ya sea esta idealización positiva o negativa.

> Todo edificio puede ser destruido. Incluso la Sagrada Familia (...) Todo edificio teórico puede ser derrumbado, pero aquel que lo derrumbe habrá vivido en su interior durante un tiempo, más o menos largo, más o menos feliz. Que no olvide, al ver las ruinas, que son las ruinas de lo que fue su hogar. Que no olvide, mientras levanta otro hogar, que lo ocuparán futuros destructores.

Son palabras del poeta Sergio Gaspar, citadas por Eduardo Moga en su libro *Bajo la piel, los días*. Acaban de venirme a la memoria.

Fue precisamente aquel verano de 2010 cuando comenzó a tener pérdidas de memoria. Yo no lo supe. Invertí mi tiempo en el viaje de trabajo no sólo a Montevideo, sino también a Argentina y Colombia, con estancias intermitentes e intercaladas en Nueva York, y, más tarde, en un viaje en coche desde esa ciudad a Los Ángeles, acompañado de la que entonces era mi mujer, y de dos amigos, de modo que no mantuve una conexión regular con mi familia. En algún momento de la travesía en coche de Nueva York a Los Ángeles, mi padre, en La Coruña, se cayó en su habitación por la noche y se abrió la cabeza. Casualmente, la pequeña de mis hermanas había llegado el día anterior, de visita, y pudo ayudar a mi madre a levantarlo y llamar a la ambulancia en una situación que mi madre, con él allí tendido, inconsciente y sangrando de manera abundante, nunca podría haber resuelto por sí sola. Las pocas veces que en mi viaje por Estados Unidos contacté con mis hermanas o con mi madre, por no preocuparme innecesariamente no me dijeron nada del accidente. Supe del percance cuando a principios de septiembre regresé a España, como también supe que su caída había sido debida a una incipiente enfermedad en la que la pérdida de memoria en ocasiones se ve acompañada de falta de equilibrio. También, atando fechas y cabos supe que en los días anteriores a su accidente doméstico yo me encontraba en el estado de Kansas, detalle que se revelaría como importante. En efecto, durante el citado viaje de costa a costa estadounidense me dediqué a hacer un diario filmado al que, a falta de mejor nombre, llamé Filmar América. Se trataba de, cada noche, en el motel de turno, montar algunas imágenes de la jornada y subir el vídeo, por lo general de no más de cinco minutos, a mi blog y a YouTube. Aquel día nos habíamos desviado de la Interestatal para adentrarnos en una estrecha pista de tierra que dividía una extensión de cientos de millas cultivadas con alfalfa, típica de los estados de Kansas y de Misuri. Rodamos unas tres millas sin tener ni idea de dónde nos llevaba esa senda de tierra, que en nuestra cabeza se dibujaba de pioneros. Mirar atrás era únicamente constatar la nube de polvo levantada por las ruedas; ante nosotros, un infinito campo sembrado. De un iPod, enchufado al mechero del coche, salían los acordes de *Space Oddity* cuando, al llegar a la tercera milla, apareció un prado, verde pero semiseco, dominado por un molino de aspas que no giraban y cientos de vacas de color pardo oscuro, que giraron al unísono la cabeza cuando detuvimos el coche. Cientos de ojos de animales clavados en nosotros. En silencio los cuatro, observamos las vacas, un par de minutos. Después, como si el verdadero objetivo de aquel desvío de ruta hubiera sido ir a mirarles a los ojos a aquellos animales, por la misma pista de tierra y también en silencio regresamos a la carretera Interestatal. Filmé todo aquello y durante ese día no dejé de pensar en que mi padre había estado en aquella zona de Kansas el mismo año de mi nacimiento, 1967, como veterinario, a fin de seleccionar vacas de una determinada raza para traerlas a España. Hasta entonces nunca había reflexionado, ni siquiera pensado, acerca de aquel viaje de mi padre, del que en realidad sólo tenía una vaga idea. De alguna manera era repetir sus pasos de 1967 pero en 2010 y en un coche con aire acondicionado, y tarjeta de crédito. Esa noche, en un motel, casi ya rozando Colorado, monté y subí el vídeo a la Red. Después, antes de acostarme, tal como viene siendo mi costumbre cuando viajo a alguna ciudad nacional o extranjera, busqué mi nombre en la guía telefónica de aquel estado. Siempre busco a alguien que se llame como yo; nunca aparece. Fotografío la página donde debería estar mi nombre y puede decirse que lo que fotografío es mi ausencia, mi mundial página en blanco. Tengo un archivo de decenas de páginas de la letra F de las Páginas Blancas de teléfono de muchas ciudades del globo. Aquel día, antes de apagar la luz me dio por pensar en el significado de la palabra *rumiar*. Consulté el diccionario online de la RAE:

> Del latín *rumigare*. Masticar por segunda vez, volviéndolo a la boca, el alimento que ya estuvo en el depósito que a este efecto tienen algunos animales.

Al día siguiente tenía un e-mail de mi padre, había visto el vídeo en YouTube y me decía que, en efecto, aquella raza de vacas era Hereford, y que un mes antes de yo nacer él había estado por esa misma zona de Kansas, donde en 1967 incluso algunas carreteras principales carecían de asfalto, y que algún día tendríamos que ir juntos, que le gustaría regresar para ver cómo había cambiado todo aquello. Mientras leía el e-mail pensé que la situación vivida aquella tarde con las vacas de Kansas era «masticar por segunda vez», mi rumia de otra vida que no era mía sino la vivida por mi padre cuarenta y tres años atrás.

Como he dicho, no sabía que desde pocos días atrás él daba signos de pérdida de memoria, y que ese e-mail se lo estaba dictando a una de mis tres hermanas, la situada entre la mayor y la pequeña, y a la que a partir de ahora llamaré «mi hermana mediana».

Tras ese verano de 2010, su salud describió una acusada curva en descenso. A la paulatina pérdida de memoria se sumó una repentina enfermedad intestinal que en febrero de 2011, y tras un diagnóstico complejo e incierto que le obligó a ser intervenido, también le obligó a permanecer varios días en la UVI, de la que creímos que ya no saldría. Una vez superada la fase crítica postoperatoria fue subido a planta. Habitación 405, Clínica Modelo. Dormía profundamente cuando yo, recién llegado de Mallorca, entré. Su cara me pareció entonces la superficie de la luna. En concreto, la cara oculta de la luna. Pensé que algo que por ignorancia no podía nombrar estaba en aquel momento desarrollándose allí, tras su rostro, piel adentro, algo profundo, quizá luminoso, quizá oscuro, no sé; en cualquier caso se trataba de un espacio hecho de una vida que hasta ese momento yo nunca había visto. Recordé que una vez había oído en algún lugar que las caras de los moribundos materializan un eclipse de sol: en torno a la cara del enfermo, oscurecida, aparece un coronario resplandor, el resplandor de lo vivido, que ya nunca se apaga. Se recuperaría de manera parcial y viviría exactamente un año más, pero durante ese año sería ese resplandor el que estaría entre nosotros, no el mismo humano que yo había conocido. Las personas que han tenido una experiencia próxima a la muerte establecen necesariamente un lazo con los muertos, pero, sobre todo y antes que nada, con el muerto que ya llevan dentro, el cual da órdenes contradictorias a la parte que todavía desea permanecer en la vida.

Meses más tarde, una vez dado de alta e instalado en la casa familiar, un día me preguntó si yo tenía quince años de edad, e inmediatamente no me llamó por mi nombre sino por otro cualquiera. El telón que ante tus propias narices se desploma en ese momento no es otro que la mismísima Realidad. La identidad de tu padre se hace trizas y con ello se descompone una parte de la tuya. Es cuando te das cuenta de que la una no puede entenderse sin la otra. Y le miras a los ojos y llega la pregunta que lo cambia todo, la pregunta que pone tu existencia patas arriba: ¿quién hay ahí? Es tu padre, sus mismos gestos, su mismo timbre y tono de voz, su misma mirada pero habla otra persona, o parece hablar por boca de otra persona. Si, técnicamente, lo *monstruoso* es «aquello que no está en su propia naturaleza», aquellas preguntas suyas que me dejaban sin habla constituían la máxima expresión de lo monstruoso, cénit de la angustia y de la pérdida, emociones ambas mezcladas, confundidas entre sí. No obstante, algunos detalles le ataban a su propia memoria, casi siempre cifrados en objetos. Preguntó por su jersey de ochos, tuvimos que revolver cajones y armarios hasta encontrarlo, encogido ya de tantos lavados, aunque —pensé entonces— quizá tal acortamiento del tejido se deba a algo muy distinto: el tiempo espontáneamente reduce las cosas materiales pero, en justa compensación, agiganta los relatos que de ellas hacemos. Por añadidura, comprobé con extrema sorpresa que yo estaba preparado para asistir a la degradación física de una persona pero no para la degradación mental. Supongo que debido a las películas, las fotografías, los noticiarios, o debido también a mi profesión durante muchos años como radiofísico en varios hospitales, el agotamiento de un cuerpo hasta hacerse formalmente irreconocible es algo que podía esperar y, en cierto modo, entender, pero la transformación de la mente y de la identidad al nivel del razonamiento, del comportamiento y del habla es algo que, como digo, produjo en mí un efecto de monstruosidad difícilmente soportable. Tardé mucho tiempo en entenderlo. Desde entonces no ceso de pensar en esa palabra tan llena de todo como de nada que es *identidad*. De ahí la importancia de las máscaras, los carnavales, las metamorfosis como generadores de realidades paralelas —¿quién hay ahí?—. De ahí la importancia de aquella voz que casi cuarenta años atrás emergía de una grabadora Grundig siendo ya una voz distinta a la del padre que instantes antes la había grabado. Desde entonces estoy plenamente convencido de que lo que nos define como humanos es el cerebro y sólo el cerebro. Hace pocos meses, en una de mis últimas visitas a la casa de mi madre, encontré en un cajón del despacho la grabadora Grundig y las cintas. Fui a comprar pilas, introduje una cinta, fechada en 1975, y quizá por el estúpido deseo de que desde su muerte nada hubiera cambiado, o quizá anhelando oír palabras llenas de proyectos suyos, palabras que de pronto me hicieran niño, me dispuse a apretar la tecla *play*. Incluso —pensé— es posible que de fondo, venidos de otro cuarto, oyera ruidos de llaves y la voz de mi madre, «Pero qué haces, deja ya la grabadora, vámonos, que llegamos tarde». No tuve valor para apretar ese *play*.

Todo el año 2011, tras su salida de la UVI, fue para mí de gran intensidad de trabajo. Coincidió con la publicación de un libro que me exigió la mayor y más intensa gira de promoción de cuantas había hecho hasta entonces, ello unido a los viajes que realizaba para ir a verlo a él y a mi madre, quien, a pesar de sus por entonces ochenta y siete de edad y en perfecto estado de salud, acusaba cada vez más el desgaste que supone convivir con una persona enferma y casi ya sin memoria. De hecho, a partir de cierto momento, para toda la familia quien pasó a ser el principal motivo de preocupación fue la persona sana, mi madre. A pesar de haber dotado a mi padre con una asistencia de dos cuidadoras que, por turnos, no le dejaban ni un instante a solas, mi madre nunca se desentendió de sus cuidados, lo que provocó que aquel último año de vida de mi padre ella no durmiera más de tres horas seguidas y se quedara en los huesos; a ratos no aceptaba la enfermedad de aquel con quien había compartido su vida durante sesenta años, y le reñía como si él fuera consciente de sus actos. Desvelarse por un bebé es dejarse la vida por algo que será, por un proyecto de vida futura, lo cual convierte la actividad del cuidado en algo netamente vital, en cierto modo trascendente. Desvelarse por una persona que está en su recta final invierte por completo el signo de esa ecuación, para convertirse en algo mucho más amargo: cuidar para una extinción, para un final. Así de crudo. Y sin embargo hay que hacerlo. Por mi parte, entre mis viajes de trabajo e ir a ver a mis padres, prácticamente no recuerdo haber pisado mi casa, en Mallorca.

La identidad, la pregunta, «¿quién hay ahí?», formulada ante un rostro que conoces perfectamente, un rostro que se puede decir que fue tuyo, vino a mi cabeza y se fue muchas veces durante esos meses, y dependiendo del techo de la habitación de hotel en la que me encontrara, del paisaje tras la ventanilla del tren que mis ojos miraran, de los rostros del auditorio que tuviera delante en tanto daba una conferencia, o de la Tierra avistada desde la ventanilla de un avión, obtuve siempre respuestas distintas. Entendí que el problema de la identidad es el único asunto acerca del que merece la pena pensar, y también el único del cual es imposible llegar a resultado alguno. Desde entonces dos ideas dominan mi día a día: 1) la realidad no es la realidad sino un deseo, 2) la identidad es una alucinación del ego.

Hace pocos instantes, en tanto escribía esto, he hecho una pausa y he consultado Twitter. En una cuenta robot, que reproduce al azar frases del pensador francés Roland Barthes, he leído: «la muerte es sobre todo esto: todo lo que ha sido visto, ha sido visto para nada». Y la leo de nuevo y me viene la idea de que lo que llamamos «una herencia», los bienes que pasan de padres a hijos, sólo cobra sentido cuando te das cuenta de que cuanto has obtenido en vida, todo eso que con el fruto de tu trabajo has llegado a acumular, no es tuyo, tendrás que devolverlo cuando mueras, a efectos prácticos era prestado. Me hace gracia que esa idea mil veces oída en toda clase de religiones pero jamás por mí entendida venga a presentárseme de un modo incontestable a través de un robot, no de un humano, y mucho menos de un mesías o un dios.

Un dios. El día de febrero de 2011 en el que de la UVI fue subido a planta, cuando entré en la habitación 405 dormía profundamente en tanto se hallaba enchufado a máquinas y goteros. La cara oculta de la luna, semihundida en la concavidad de la almohada, reposaba con la estabilidad de las cosas que han llegado a un equilibrio. Mi madre, en su casa, descansando, y mis hermanas y cuñados, sobre quienes estaba recayendo el peso de los cuidados, en sus respectivos trabajos o también descansando. Estuve casi toda la mañana solo, sentado en el sofá para las visitas. Junto a su cama, en un pliego del historial clínico, alguien había escrito su nombre y unas cifras técnicas que no entendí. Miré por la ventana, era temprano, quizá las 9 de la mañana, el sol de febrero alargaba las sombras de los chalets y de las casas unifamiliares que circundan la clínica, ubicada en una pequeña colina, en el centro de la ciudad. Al fondo, la playa de Riazor y el estadio de fútbol del mismo nombre, donde en mi infancia por primera y última vez vi en vivo a Johan Cruyff. Recordé entonces que muy pocos años atrás, tras ver en el televisor alguna noticia de un partido, mi padre me había preguntado, «¿en el fútbol, cuántos jugadores juegan?». Pero no se trataba de una incipiente pérdida de memoria, sino que nunca mostró el más mínimo interés por ese deporte ni por cualquier otro. La extrema quietud de la habitación 405, tomada ya a esa hora por una cálida y agradecida luz atlántica, unida al sonido de las burbujas de un respirador artificial adosado a la pared, les daban a aquellas cuatro paredes un aire de pecera, una sensación de hallarnos flotando juntos, él y yo, bajo el agua. Extraje de mi bolsa de mano el billete del avión que me había traído, cogí un bolígrafo y en su reverso comencé a escribir, de manera compulsiva. Escribí muchísimas cosas, alguna muy alambicadas y vistas desde hoy ciertamente extrañas, como por ejemplo que en ese momento mi padre tenía dos cuerpos, el cuerpo material y el cuerpo tecnológico, cifrado este último en los tubos y aparatos que emergían de sus extremidades, y que ese cuerpo tecnológico formaba su «cuerpo abstracto», un cuerpo paralelo al de carne y hueso, cuerpo que toda persona en todo momento lleva consigo y que sólo en contadas ocasiones —por ejemplo en un hospital— llega a manifestarse. Pensé también que tras su rostro se albergaba su cerebro, y que ese cerebro estaría soñando, no podía ser de otra manera, pero se trataba de una clase de sueño generado mediante un muy especial mecanismo: antes de nacer, durante los nueve meses que estamos en la placenta soñamos lo que hay afuera, soñamos lo que hay más allá del cuerpo de nuestra madre, y una vez nacemos este mecanismo se invierte al completo y todos los sueños que experimentamos en vida son un recuerdo de aquellos meses que habíamos pasado dentro del vientre, en la placenta. De modo que siempre soñamos lo que está del todo separado de nosotros, lo que está en «otro lugar» sentimentalmente cercano pero irremediablemente lejano. Dos ríos —el de la placenta y el aéreo— en los que, en efecto, nuestros sueños jamás se bañan dos veces. Así, me dije, él debía estar soñando algo que involucraba la España de los años veinte del siglo XX, y un pueblo de la montaña leonesa, donde fue gestado y nació, y donde con una sola intermitencia de unos pocos años previos a la guerra civil vivió hasta que tuvo edad para ir a estudiar el bachiller y la carrera de veterinaria a la ciudad de León. Cuando la pequeña de mis hermanas y yo éramos niños solíamos veranear en ese pueblo; nuestras otras dos hermanas eran ya lo suficientemente mayores como para no querer ir. Mis padres nos dejaban en la casa familiar, junto con mi abuela, mi tía y mis primos, quienes tampoco vivían en el pueblo pero solían llegar unos pocos días antes que nosotros para airear la casa, cerrada durante diez meses del año. No es que a mi padre no le gustara su pueblo natal, sino que prefería trabajar; le gustaba su trabajo. Nunca le vi tomar vacaciones, a lo sumo una semana en verano, en la que pronto se ponía a pensar en proyectos y quería regresar. Viajaba a menudo al extranjero, periodos que ya en sí él consideraba vacacionales. En una ocasión mi madre le convenció para que fueran diez días al pueblo. Era agosto. A los cuatro días dijo que tenía que viajar a Palencia; nadie supo para qué. Cuando dos días más tarde regresó, había firmado un contrato con unos inversores de esa zona para la implantación de una fábrica de piensos compuestos, de la que él sería el asesor técnico. Otro verano, vino tres días al pueblo y, para mi sorpresa, me propuso hacer una excursión a una montaña, Peña Cefera, accidente geográfico que constituye la cumbre más alta de la zona y que, por lo tanto, representaba para mí una presencia mítica. Se llega a pie por un camino que zigzaguea las lomas de cuatro cumbres previas y se emplea una jornada completa en subir y regresar. Salimos a las 7 de la mañana; yo, bajo el signo del error de haberme empeñado en calzarme, por si hubiera agua en el camino, unas katiuskas amarillas, botas completamente plastificadas. Como hacía años que nadie transitaba esas tierras, nos proveímos de un pequeño machete con el que podríamos abrirnos paso entre los arbustos. Inicialmente aquello me pareció una exageración, o una concesión a la calenturienta cabeza de un niño de nueve años, pero varias veces el camino se borraba y en efecto había que cortar maleza en diferentes direcciones para hallar el sendero, operación que, dada mi corta edad, lógicamente, recaía en él. Yo me afanaba en trepar directamente y atajar por cualquier breve repecho, obteniendo sólo fatiga, de la que él se reía, «pareces un gato montés descontrolado». Otras veces me alertaba contra las garrapatas, que en cualquier momento saltan desde algún arbusto y se adhieren a tu pelo. Me habló mucho de las garrapatas aquel día, detalles que ya casi no recuerdo. Fuimos cogiendo arándanos, que metimos en una bolsa, me señaló los vestigios de un acueducto romano, utilizado por aquellos latinos para llevar el agua desde Peña Cefera hasta unas minas de oro, ubicadas a muchos kilómetros al sur, donde lavarían el metal precioso que después distribuirían por el Imperio. Todo aquello alimentaba en mi cabeza historias no exactamente reales, pero tampoco completamente fantásticas. No es lo mismo la irrealidad que la fantasía. Quiero decir que pensaba en los romanos, pensaba en osos que circundaban la zona, pensaba en peligrosas garrapatas y en tremendas tormentas, pensaba en hombres y mujeres perdidos por aquellos caminos cuando la nieve los cubría hasta el pecho, pero no pensaba en relatos realmente imposibles. Esto quizá tenga que ver con el hecho de que mi padre jamás me contó una historia fantástica. Por decirlo de un modo más claro: me hablaría de cómo un romano limpiaba el oro, fuera real o no esa historia concreta, y quizá la hermoseara para hacerla más atractiva a la sensibilidad de un niño, pero jamás me contaría el cuento de los tres cerditos ni me daría a leer un cuento de Disney. He llegado a pensar que en cierta medida esa educación ha condicionado mi manera de inventar historias, realista sin que ello impida su infusión en lo irreal. Fue en aquella caminata la primera vez que oí la expresión *tabla periódica*.

Quiero detenerme brevemente en este asunto referente al contenido y al modo de contar historias. Por ejemplo, los documentales televisivos de animales. «El oso siente miedo pero en él no hay venganza y se aleja», o «la planta quiere ser polinizada y abre sus pétalos para dejar entrar al pico del colibrí». Naturalmente, ni el oso *siente* venganza, ni la flor *deja* entrar nada. Se trata de un falso documental, un relato moralizante. Esa clase de reportajes en nada se diferencian de la fábula de los tres cerditos, en la que también los animales y las plantas hablan y piensan y actúan con arreglo al entendimiento humano. A este tipo de cosas me refiero cuando digo que él nunca me contó la fábula de los tres cerditos, ni la de las flores que abren sus pétalos tras *conocer* las intenciones de los colibríes. Por el contrario, me dio a entender que los propios procesos naturales pueden constituirse en sí mismos en materia de ficción, y esto afecta directamente a la idea que cada uno tiene acerca de la estructura misma de la realidad. La expresión *tabla periódica*, dicha en aquel ambiente bucólico-natural de mediados de agosto, constituye ya por sí misma una clase de realidad que implica al mundo de las reacciones químicas, las mismas que desde los tiempos de la alquimia nos han llevado una y otra vez al reino de lo fantástico y, no obstante, al de lo radicalmente real: los arándanos que al día siguiente verteríamos en una botella de orujo y cuya reacción química los adultos beberían un año más tarde en alguna sobremesa, o, sin ir más lejos, mis pies dentro de unas reales pero inverosímiles botas de plástico —katiuskas amarillas—, asados en pleno verano. La más radical realidad fantástica ya está ahí, en esos arándanos transformados en licor, en esas katiuskas metamorfoseadas en horno, no hace falta inventarles a las cosas un lirismo que de por sí ya poseen. Pero hay que encontrarlo, educar el ojo para llegar a ver esa parte aparentemente irreal que hay en todo cuanto nos rodea, y después tener la habilidad para contarla. Las malas narraciones cuentan una verdad a medias. Las buenas narraciones cuentan una verdad y media. Es ese plus —ese «y media»— que se superpone a la prosaica y conocida realidad cotidiana el que sin descanso hay que buscar porque forma parte de nuestra vida real. Supongo que todo ello tiene que ver con aquello que decía Nabokov acerca de la ficción, cuando aseguraba no entender para qué sirve imaginar libros o representar hechos que de alguna manera no hayan ocurrido realmente o pudieran ocurrir. Nabokov, además de escritor, era entomólogo, estudioso de las mariposas.

Llegamos a Peña Cefera, y en la gran charca, casi un lago, situada en la base de la pared sur de la montaña, me entretuve observando renacuajos y ranas saltar ante mis pies. Mi padre me hizo fotografías con su Yashica Minister-700, máquina de la que estaba especialmente orgulloso. Se sentó a descansar, me adentré en una alta y nutrida mata de arándanos, para mi estatura una selva; oí su voz al otro lado bromear, «coge esos arándanos, pero no comas demasiados, es un fruto que tiene mucho ácido benzoico, incluso puede envenenar a gatos como tú».

Para el regreso, en vez de desandar la misma ruta habíamos previsto un atajo. Si seguíamos ladera abajo, por un camino corto pero significativamente más escarpado que el que habíamos usado para la subida, en un par de horas alcanzaríamos la carretera asfaltada que atraviesa el valle, y una vez allí, tan sólo restaban tres kilómetros de caminata que nos pondrían de nuevo en el pueblo. No sabíamos entonces que una de mis hermanas —mi hermana mediana—, que contaba con diecinueve años de edad, con intención de darnos una sorpresa había cogido mi bicicleta para ir a esperarnos al punto en el que el citado atajo desemboca en la carretera. A las 4 de la tarde, tras comer unos bocadillos acompañados con agua de una fuente, y con dos bolsas de arándanos llenas hasta las asas, mi padre y yo emprendimos el regreso ignorando también que ella había frenado en una curva con el freno delantero, para inmediatamente patinar en la gravilla y abrirse la cabeza. Cuando llegamos al pueblo nos lo dijeron: mi madre, con la ayuda de un vecino, la había llevado al hospital de León. Cogimos entonces el coche; hicimos el camino en silencio. Cuando llegamos a la habitación donde estaba ingresada ocurrió algo que en aquel momento no entendí; mi hermana no reconocía a nadie. Entre ella y el mundo se abría un abismo que me pareció irreparable. Al cabo de un día mi hermana se dirigió a mi madre por su nombre, sólo con el paso de las semanas recobró la memoria totalmente pero aún hoy dice no guardar imágenes del instante de la caída, sólo se ve a sí misma regresando a pie, con la bicicleta en la mano derecha y con la izquierda palpándose la cara, ensangrentada. Durante los años siguientes, recuerdo haber pensado que había sido en aquel momento cuando mi hermana se hizo realmente adulta. Tal como lo razoné entonces, existió un lapso de tiempo —que sea un día, un mes o un segundo resulta irrelevante— en el que ella habitó realmente *fuera* de nosotros, dejamos de pertenecerle, dejamos de ser su familia. No es posible regresar de semejante ausencia de memoria indemne. Cuando treinta y cinco años después mi padre dejó de reconocerme, la sensación fue muy diferente. Yo sabía que para él, al contrario que para mi hermana, no había regreso posible.

De cuerpos abstractos, arándanos y accidentes escribí aquella mañana de febrero de 2011, habitación 405, en el reverso del billete de avión que horas antes desde Palma de Mallorca me había traído a La Coruña. Los reversos de las tarjetas de embarque resultan útiles. Para alguien que, como yo, casi nunca lleva libretas e intenta evitarlas por lo que tienen de programático, años de aeropuertos y hoteles te enseñan a improvisar tu escritura en todo tipo de papeles. Puede decirse que los reversos de facturas de la luz y del gas, o los billetes de avión y tren, incluso la Declaración de la Renta, son los legítimos diarios: están fechados, dan objetiva fe de qué hacías, a dónde te desplazabas, y en qué hábitos de consumo gastabas tu tiempo y tu dinero los días en que en esos papeles anotabas tal o cual cosa. Noté sus piernas moverse bajo la delgada sábana, dejé a un lado el billete de avión y el bolígrafo, y me acerqué. El burbujeo del respirador no cesaba. Abrió los ojos. Ocurrió entonces que me miró como si fuera la primera vez que me veía, como si hasta entonces nunca sus ojos y los míos se hubieran encontrado, como si en vez de estar él a punto de morir fuera yo quien estuviera naciendo. Supe entonces que algún día escribiría algo acerca de todo esto.

Años atrás, en algún libro había escrito: «escribir es haber muerto, sólo la muerte pasa la vida a limpio y a esa distancia es capaz de reescribirla. Por eso es el escritor quien desde el mundo de los muertos narra el mundo de los vivos». Creo que aún suscribo esas líneas. Pero este caso era exactamente el contrario, me sentía extrañamente vivo respecto a todo lo que se hallaba fuera de mí. Quizá por eso sin éxito ensayé decenas de borradores. Sólo una vez hubo él fallecido, exactamente un año más tarde de mi estancia en la habitación 405, entendí que la muerte de un ser querido es un proceso muy misterioso, muere para renacer en ti de otra manera, resucita para ser otro en ti. Eso creo haberlo dicho páginas atrás. Pero no dije que entiendo esa revelación como lo único que dota de sentido a la contemplación de la muerte.

Otra cosa de la que sólo hoy me doy cuenta es de que cuando narras tus experiencias con tu padre no puedes narrar las que has vivido con tu madre. Ni viceversa. Son padre y madre cosas que se presentan totalmente independientes. Hay una extraña imposibilidad en combinar ambos hemisferios en una sola narración, quedando tal combinación reservada tan sólo a las trampas de las ficciones. Me refiero a una especie de «principio de indeterminación heisenberguiano» por el cual no puede conocerse el estado de una de las variables —tu padre— sin destruir parcialmente la otra —tu madre.

En verano de 2011 me encontraba en Nueva York, en un apartamento del Printing House de la calle Hudson, intercambiado con los amigos Carlos y Rosemary Feal, quienes, como venía siendo habitual en los últimos veranos, pasarían sus vacaciones en mi piso de Palma de Mallorca. Si nada lo impedía, el trueque sería desde mediados de julio hasta el 30 de agosto. Pensé que sería bueno para mi padre que habláramos a través de Skype. En nuestras respectivas pantallas, y durante los días en que se extendió el experimento internauta, nos miramos por espacio de cinco minutos. Siempre llevé yo el peso de la conversación. Tampoco estoy seguro de que él, salvo ráfagas de lucidez, me reconociera del todo. Respuestas monosilábicas, apenas una sonrisa cuando yo le contaba algo supuestamente gracioso, para regresar rápidamente su cara a una expresión hueca. Lo que sobre todo me afectaba no era el hecho, prácticamente ya asumido, de que él apenas me reconociera, sino otra cosa mucho más general, la visión a cámara rápida del lento borrado de su cerebro. En los momentos difíciles todos somos malos actores, y yo no sabía muy bien cómo ocultar mi disgusto; tras esos cinco minutos diarios, y sólo cuando yo lo sugería, él se despedía con un gesto de la mano, la acercaba tanto a la cámara de su PC que en mi pantalla esa mano se hacía más grande que su mano real, las arrugas de toda una vida desbordaban entonces mi campo de visión e incrementaban la sensación de lejanía. Después, por la parte izquierda de mi pantalla, del brazo de mi madre o de alguna de mis hermanas, desaparecía en dirección al salón. Un día olvidaron cortar la comunicación. En tiempo real la cámara siguió mostrándome su despacho vacío, y yo, en la calle Hudson de Nueva York, por algún motivo que aún no logro explicarme hice una fotografía a la pantalla.

Observé, al otro lado del océano, su montón de papeles, su agenda negra, la silla de madera de cerezo en la que en mi adolescencia yo me había sentado a aporrear su máquina de escribir. También solitarios objetos que la imagen no resuelve pero que incluso en la mayor de las penumbras y en el mayor de los pixelados yo podría identificar —lo que demuestra que hay cosas que solamente una persona puede narrar, y que ahí radica la superioridad de la memoria sobre la Historia—. Allí estaba la grapadora que parece un pato, el bote de lápices hecho con un cuerno de vaca vaciado, la funda de color negro de una pequeña cámara de fotos o la libreta de tapas de piel en la que en esos últimos años él no paraba de anotar ideas que ya nadie entendía; y el respaldo de la silla, que culmina en un racimo de frutas imaginarias tallado en la misma madera —siempre me ha llamado la atención lo mal que la madera imita a las frutas a pesar de que ambas proceden de un mismo lugar, de una misma semilla—. Todo lo que tenía pensado hacer ese día en Nueva York quedó suspendido, horas mirando la pantalla, el modo en que la luz de la tarde se va retirando en esa habitación a 6.000 kilómetros de mí. Lo más parecido a ver estrellas que van palideciendo. Hasta que al otro lado del mundo se hizo de noche y todo se quedó a oscuras y, aun así, no sé cuánto tiempo más estuve intentando distinguir objetos. Un ligero temblor de pantalla y el ruido parásito de los altavoces era lo único que me llegaba, razonable imagen de lo que —me dije— en su cerebro venía desarrollándose. Creo que fue ahí cuando intuí que yo en pocos días alquilaría un coche y dejaría Nueva York para viajar a la ciudad de Gander, Terranova.

Aquel año, 2011, pude también comprobar cómo esta clase de enfermos se quedan quietos, mirando un punto fijo; les preguntas entonces qué miran o qué piensan y te responden, «no lo sé». Y es verdad, no hay retórica en su respuesta, no lo saben. Son humanos —quizá los únicos humanos— que no pueden mentir; acaban de desconocer esa treta de la existencia, que todos usamos. Te das cuenta de cómo lo que hay ahí dentro se va fundiendo en un blanco total, se borra, simplemente, un borrado de la identidad no para adquirir otra sino para el surgimiento de una verdadera desaparición de la individualidad. Se supone que una de las funciones que cumplen el cine, las novelas, los tebeos, los relatos orales, la publicidad, el derecho, o cualquier otra forma de ficción es prepararnos para la muerte y sus aledaños; en particular, para esta clase de momento en el que un rostro conocido va siendo tomado por una expresión hueca. Pero no. Ese proceso adaptativo no vale para la muerte. Todo lo contrario: cuanto más tiempo pasa, cuantas más experiencias traumáticas adquieres a lo largo del tiempo, más brutal es la contemplación del fin cuando éste llega. La muerte es el único acontecimiento humano al que por muy repetido que sea, por mucho que de antemano sepamos que ocurrirá, jamás nos acostumbramos, siempre es *totalmente* nuevo. Sólo cuando eres niño no piensas en la muerte. En la infancia el tiempo es infinito, carece de dimensión y de finitud. Lo sé porque recuerdo haber sido niño y pasar totalmente de la muerte.

Pocas líneas atrás he dicho que aquella tarde, en la que me quedé durante horas contemplando la pantalla vacía que me ofrecía la conexión de Skype, fue cuando intuí que de ahí a pocos días debería emprender un viaje a Gander, Terranova; el motivo es simple, y constituye uno de los núcleos de todo esto que estoy escribiendo. Como ya he dicho, en el año 1967, por motivo de su actividad profesional mi padre había tenido que realizar un viaje a Estados Unidos, fundamentalmente a los estados de Kansas y Misuri, aunque también pasó algunos días en Utah, a fin de seleccionar razas de vacas para traer a Europa. En el viaje de regreso, que como también he dicho casi coincidió con la fecha de mi nacimiento —de hecho regresó a casa pocos días antes de yo ver la luz—, había estado obligado a permanecer una semana en la siempre nevada ciudad de Gander, Terranova, por causa de una avería en el avión carguero que desde Kansas City lo traía a España. Cuando aquella tarde de agosto de 2011 cerré la comunicación de Skype me vi impulsado a ir a conocer esa ciudad canadiense, cercana al polo. Fue algo repentino. Por otra parte, dado que el verano anterior habíamos atravesado en coche de Nueva York a Los Ángeles, y por lo tanto conocíamos la franja central de Estados Unidos, no estaría mal conocer la zona norte del país y adentrarse en Canadá hasta esas latitudes. Así, a mediados de agosto de 2011, y con 1.500 millas por delante, lo que es tanto como decir 2.400 kilómetros, mi entonces esposa y yo alquilamos un coche y salimos de Nueva York por la Interestatal 1, que bordea la totalidad de la costa de Massachusetts y Maine hasta la frontera con Canadá. Allí, sin despegarnos nunca de la costa, llegaríamos al paso que lleva a la isla de Nueva Escocia, para, desde su punta este, intentar coger el ferri que te pone en esa otra isla que es Terranova.

Respecto al, para mí, extraño hecho de que nos acostumbramos a todo menos a la muerte, en realidad ya había comenzado a pensarlo muchos años atrás, concretamente en la Navidad de 1997, mientras leía la biografía que de Ludwig Wittgenstein había escrito Ray Monk, titulada *Wittgenstein*. Concretamente cuando llegué al capítulo en el que Monk describe una anécdota en la que, tal como yo la entendí entonces, son resumidas y entran en colisión dos grandes tendencias del pensamiento del siglo XX: año 1939, Wittgenstein imparte clases de lógica del lenguaje en Cambridge —lo que en su caso equivale a decir que imparte clases acerca de sí mismo—, y entre sus alumnos se encuentra un jovencísimo Alan Turing, quien en pocos años estaría llamado a inventar el concepto de computadora tal como hoy lo entendemos. En un momento dado el alumno interpela al profesor por el uso que éste viene haciendo de la palabra *contradicción*, y estalla entonces una fuerte discusión. Para Turing, incurrir en una contradicción equivale a que todo lo que hagas a partir de ese momento te llevará por un camino equivocado, extraviado, condenado al error. Por el contrario, Wittgenstein cree que no, que una contradicción jamás puede extraviarte porque una contradicción «no te conduce a parte alguna; una contradicción, sencillamente, te paraliza, te deja inmóvil», de modo que no puede llevarte ni por el camino equivocado ni por el correcto; la contradicción es, simple y llanamente, la parálisis. Y es en ese sentido wittgensteniano en el que creo que percibimos la muerte, como una contradicción, un absurdo que ni te deja avanzar ni te permite retroceder, una parálisis a la que resulta imposible acostumbrarse y de la que sólo te escapas haciendo metáforas, alegorías y ficciones. Desde este punto de vista, escribir ficciones y morir son cosas contrapuestas que, sin embargo, en virtud de esa contradicción se hallan íntimamente ligadas. Quiero decir que allí donde hay una ficción es porque algo ha muerto —sólo podemos narrar aquello que vemos tan lejano que para nosotros está muerto—, y allí donde acontece una muerte con total seguridad tarde o temprano aparecerá una ficción —nada más aparecer la muerte ya comenzamos a construir un mito de lo que el muerto fue en vida—. Por otra parte, fue en aquella época, 1997, cuando además de leer con pasión a Wittgenstein se instauró en mi cotidianidad la necesidad —que aún conservo— de acostarme cada día con algún proyecto o idea que excitase mi imaginación. Y cuanto más compleja y alambicada fuera esa idea, mucho mejor. De lo contrario, no podía ni puedo pegar ojo. Lo que me hace dormir no es pues un estado de relajación sino todo lo contrario. Acostarme sin tal excitación me hunde en una sensación de vacío —de que estoy vacío—, y en la angustia de que, por definición, lo que está vacío está muerto, y entonces me domina la idea de que al día siguiente ya no me despertaré. Cuando, en su último año de vida, prácticamente ya sin memoria ni recuerdos de su vida, mi padre tomó la costumbre de no querer acostarse —lo que en un verdadero peregrinaje doméstico obligaba a levantarlo, cada dos horas, hasta el amanecer—, creí entender por qué él tenía tanto miedo a la cama.

Nunca me contó detalles de aquel viaje en 1967 a Estados Unidos. Para un ciudadano español de aquella época, los viajes al extranjero eran poco frecuentes, y más a aquel país —transoceánico y con un idioma no muy hablado aquí—, y mucho más a su profundo Medio Oeste, lugar únicamente reservado a épicas representaciones cinematográficas. Solamente contextualizando de este modo la fecha y el país puede dimensionarse la clase de viaje físico y simbólico que acometió. Pero no fue hasta el año 2010, pocos meses antes de manifestarse su enfermedad, cuando, en una de mis visitas rutinarias me cuenta que tras casi un mes recorriendo varios estados del Medio Oeste, en los que realizó el proceso de selección de ejemplares, por fin un amanecer de finales de abril, en una localidad cercana a Kansas City, cuyas coordenadas exactas ahora mismo se me escapan, metió veinte vacas en un avión de cuatro hélices. Los aviones de carga de esa época eran grandes tubos metálicos en cuyo morro sólo había dos o tres asientos. Así, mi padre, el piloto, y en la zona de carga las vacas estabuladas, despegaron una mañana de finales de abril con destino inmediato Boston, parada técnica donde se realizarían los trámites de permiso de exportación del ganado. De ahí a la ciudad de Gander, isla de Terranova, donde dos pilotos relevarían al anterior, para atravesar el Atlántico hasta llegar a las islas Azores, archipiélago desde el que tras repostar habrían de llegar definitivamente a Santiago de Compostela. En el primer tramo (Kansas-Boston-Terranova), él le daba al piloto toda la conversación que podía; un hombre que me describió como corpulento y ataviado con una cazadora de piel marrón, estampada de parches de motivos militares, bordados por su propia esposa, y que bebía Seven-Up directamente de una lata. Tras varias horas de vuelo, éste le cuenta que había pilotado bombarderos en la guerra de Corea, habiendo derribado no sé cuántos enemigos, lo que, ante la incredulidad de mi padre, demostró extrayendo del interior de la cazadora una colección de condecoraciones atadas las unas a las otras. Las llevaba siempre a mano, le dijo, porque la memoria de América es corta y por si surgía la necesidad de demostrar los méritos. La meteorología comenzó a ponerse difícil a medida que se aproximaban a Terranova. No tardó en desatarse una tormenta de nieve sin peligro objetivo para el avión pero incómoda para las vacas, que, aunque estaban atadas con un sistema de seguridad, debían echarse en el suelo a fin de no golpearse. Pocas horas antes de avistar el pequeño aeropuerto de la ciudad de Gander, se puso las manoplas, el abrigo sobre la chaqueta del traje, y se dirigió a la bodega a comprobar que los bruscos movimientos no hubieran aflojado o desatado las fijaciones de las vacas. Las luces no funcionaban, pero disponía de una linterna y, además, por la pequeña ventana de la puerta lateral de carga entraba un haz de luz que se consolidaba en la penumbra. No tardó en comprobar que las cinchas de sujeción y los anclajes de la pared, así como los animales, se hallaban en perfecto estado. Miró a través de la ventanilla; uno de los motores perdía líquido en la zona de la hélice. Avisó al piloto, quien acudió de inmediato; su lata de Seven-Up siempre en la mano. Tras una rápida observación, certificó que se trataba del depósito de aceite; el motor corría peligro de quemarse, pero también comentó que no era nada que no hubiera ocurrido antes. En ese momento, por el olor que desprendía la lata de Seven-Up mi padre se dio cuenta de que allí no había gota de Seven-Up sino ginebra. No dijo nada. Por algún motivo pensó que lo cauto era confiar en aquel veterano de guerra. El piloto regresó a la cabina y él se demoró unos segundos en la bodega. Apagó la linterna. Me dijo que, en la penumbra, se vio entonces observado por decenas de grandes y brillantes ojos que flotaban en la oscuridad. Como si a seis mil metros de altura no viajasen vacas sino únicamente ojos de vacas. Pienso ahora en las decenas de ojos de vacas que, mientras sonaba *Space Oddity*, en un descampado de Kansas también me miraron, y pienso en ese avión como se piensa en una suspensión acuosa, una pecera que flota, y en el modo en que, cuarenta y cuatro años más tarde, tras ser subido de la UVI, la propia habitación 405 parecía flotar en el sonido de los respiradores artificiales, en un aire de pecera o placenta, y me hago una pregunta retórica: ¿soñaba mi padre en la habitación 405?, y me hago otra aún mucho más retórica: ¿soñaba con decenas de ojos de vacas, sobre las nubes, observándole? A veces los animales te miran de manera que parece que te estén interrogando, y cuanto más inexpresiva es su mirada, más acusado es ese efecto. Un escritor llamado Elias Canetti dejó dicho que si miras fijamente a un animal terminas por creer que ahí dentro hay un humano que se está burlando de ti. Siempre he tomado esa afirmación como cierta, y, en general, establezco la siguiente cadena: los animales contienen personas que se están burlando de ti, sí, pero, las personas, ¿qué contienen las personas?, ¿qué descubres cuando miras fijamente a una persona?, ¿qué cosa que de manera continuada se está burlando del mundo llevamos nosotros dentro? No lo sé. Quizá ahí se termine todo, en la infinita expresión hueca que, al final, como humanos también infinitamente nos define.

Pero mucho antes de que esa expresión hueca se apoderara de él, y en realidad desde que tengo uso de razón, le recuerdo separado de la colectividad aunque en absoluto aislado. He dicho que nunca supo cuántos jugadores componen un equipo de fútbol, pero también es cierto que nunca vi tras él una puerta cerrada. Cuando trabajaba, los niños entrábamos y salíamos de su despacho sin parecer molestarle en su trabajo ni en sus decenas de llamadas telefónicas diarias. Si le hacías cualquier pregunta se limitaba a levantar la cabeza de sus papeles y, tras unos segundos de espera, contestar con amabilidad o inventar lo primero que se le pasaba por la cabeza; suficiente para un niño, al menos hasta la edad en la que empiezas a hacer preguntas que llevan a otras preguntas. Un momento especial era la siesta, nunca se la saltó, quince minutos, la misma butaca. Si íbamos de viaje detenía el coche en el lugar más discreto posible y dormía por ese espacio de tiempo. Hay una fotografía, con la que solíamos reírnos cuando éramos pequeños, en la que aparece en una calle, de pie, durmiendo con el brazo apoyado en el alféizar de una ventana de una sucursal de un banco. La siesta me parecía y me parece una zona muy misteriosa del día; qué hace una cabeza, dónde va, qué necesita, qué echa de menos y qué desea durante ese breve lapso de tiempo en el que no es de noche pero tampoco es completamente de día. Le gustaba estar al tanto de las noticias pero mantenía un margen de distancia, que conformaba su carácter. Tal modo de gestionar la realidad lo situaba en un lugar intermedio que, creo, poseía su correlato en el hecho de poder trabajar en multitud de materias simultáneamente y detectar diferentes enlaces entre ellas. Cuando fui adolescente, esa actitud generó entre nosotros no pocas discusiones. Como cualquier hijo, yo quería grandes opiniones por su parte, que se posicionara de manera clara en asuntos personales, políticos o sociales; me desesperaba el hecho de que él nunca se sintiera obligado a comentar mis provocaciones; relativizaba las cosas e intentaba que yo analizara los hechos por mí mismo. Era eso en lo único que se mojaba, el firme convencimiento de que yo debía desarrollar mis propios sistemas de análisis del entorno, situarme en un plano que estuviera antes o después de los prejuicios, nunca sumergirme en su lodo. En este sentido, creo que si tuviera que etiquetar su modus operandi con alguna postura vital, ésta sería la de un creyente en las estructuras, un estructuralismo en el sentido de la existencia de unas redes que sostienen los diferentes detalles y contingencias que componen la cotidianidad. Tal actitud coincidía perfectamente con el carácter «moderno» y su ya citada fe en el progreso. Como tanta gente de su generación, que vivieron una guerra y posguerra y pasaron de una renta per cápita que hoy día nos parecería una broma de mal gusto a una posición de clase media acomodada, nunca compartió los preceptos de la posmodernidad por considerarlos poco serios. El salto social efectuado por esas generaciones resulta hoy impensable. No creo que él llegara a entender que *progreso* era una palabra que ya a mediados de los años ochenta, y en esta parte de Occidente, había dejado de aplicarse en su sentido evolutivo y darwiniano para dejar paso a una acepción horizontal, de progreso en los estímulos y las sensaciones, no tanto en los bienes materiales. La consecuencia de todo ello es que a lo largo de nuestra vida juntos no me hizo un trasvase ideológico explícito, sino un compromiso con una actitud vital que, a falta de mejor descripción, podría resumirse en el intento de ver lo que de estructural hay en las cosas, la atención a los acontecimientos que, en apariencia dispersos, conforman esa cosa a la que llamamos «sociedad». Yo debía de tener entre siete y ocho años de edad cuando una de mis hermanas trajo a nuestra casa un disco en cuya portada aparecía fotografiada una vaca holandesa, que miraba a la cámara. Se trataba de *Atom Heart Mother*, de Pink Floyd, vinilo que, experimental en exceso para mi corta edad, no recuerdo haberlo escuchado con atención, pero sí haber estado mirando la portada durante horas. En una ocasión se la enseñé a él, y se rio. Me hizo una descripción anatómica, fisiológica, histórica y genética de la vaca —técnicamente, *frisona*— de la portada del disco.* Creo que fue ésa la primera vez que vi una vaca fuera de su contexto natural y, por extensión, uno de los primeros recuerdos del sentido pleno de la descontextualización de un objeto de consumo. La vaca tanto valía para hacer ciencia como para extraer leche o filetes, o ser incorporada a la más contemporánea cadena de la producción musical; una deriva por diferentes espacios y conceptos. Después leí que ese disco de Pink Floyd debe el título a una tara, a una incapacidad: los músicos habían terminado la grabación pero no sabían cómo titularlo, así que el productor les aconsejó hojear el periódico del día, a ver si de ahí extraían alguna idea. En una de sus páginas, la prensa británica destacaba la noticia de una mujer a la que habían operado del corazón y que portaba un marcapasos alimentado con un isótopo radiactivo; la peculiaridad que convertía el caso en noticia era que estaba embarazada, pronto sería madre. La madre de corazón

* Debido a derechos de imagen, no me es posible poner la imagen de esa portada, pueden buscarla en la Red, la encontrarán al instante.

atómico. La noticia se transformó en título de ese disco, y el disco en sonido, y ese sonido en un texto o en una idea futura, o puede que, volviendo a su origen científico, se haya visto transformada en objeto de estudio por parte de alguna especialidad, ya sea médica o sonora. El alma de un objeto no es lo que éste tiene de inmutable sino todo lo contrario, el alma de las cosas es aquella parte de ellas que continuamente se transforma. El alma del archivo informático no es su extensión —jpg, doc, etc.—, sino su nombre, que cambias en cualquier momento según tus necesidades o antojo. Esto se lo dije un día a él, y se rio, aunque no supe qué significaba esa risa.

Cuando en febrero de 2011 entré en la habitación 405 de la Clínica Modelo y le imaginé soñando con ojos de vacas, los dos goteros, el del analgésico y el del suero, dejaban caer sus respectivos líquidos; una gota el uno e instantes después una gota el otro, ritmo que iba directamente a su torrente sanguíneo. Nadie sabe qué ocurre cuando esa música de sueros y analgésicos entra en un cuerpo. Ni siquiera sabemos qué significa la frase «música que entra en un cuerpo», pero una cosa sí es cierta, resulta imposible la existencia de algo sin ritmo, de algo que no se pueda repetir. Esto lo dice Álvaro Cunqueiro en *Tesoros y otras magias*, también lo dice la ciencia, que busca leyes, ritmos, repeticiones al cabo, y lo dice la moda con sus vueltas *vintage*, y lo dice por supuesto la poesía, inexistente sin un ritmo interno, y también lo dicen nuestros pulmones y corazón, que sin ritmo nos hacen caer en la angustia y en la enfermedad, y sobre todo lo dice el sentido común: si algo, cualquier acontecimiento, no lo hubiéramos visto anteriormente, o si de algún modo no lo hubiéramos pensado o imaginado, ante esa totalmente nueva contemplación caeríamos fulminados, nos moriríamos del susto. Las cosas existen para existir otra vez. Por eso antes decía que no entiendo la muerte, porque parece escaparse a esa ley. Nada hay más repetido y común que la muerte, y sin embargo cuando llega nos da un colosal susto; no la entendemos. Se trata de una contradicción que, en efecto, no nos confunde el camino a tomar; sencillamente nos paraliza.

En agosto de 1973, mis hermanas, junto con un grupo de amigos suyos, me llevaron a una acampada. Mi hermana mediana, llegada de pasar el verano en Londres, a sus dieciséis años recién cumplidos lucía camisas de flores y demás imaginería hippie. Mi hermana mayor y sus amigos, de una generación ligeramente anterior, progre y como mandaba el canon afín a la cultura francesa del Mayo del 68, la miraban creo que con una mezcla de entendimiento y recelo. Hicimos el viaje, en tren, de La Coruña hasta una localidad cercana, Cecebre, para desde allí caminar hasta un prado, junto a un río. Me recuerdo montando las tiendas de campaña con especial emoción; nunca había dormido al aire libre, y a mis seis años de edad lo imaginaba una experiencia de legítimo explorador. Por otra parte, resultaba expectante estar entre aquellos mayores, universitarios, contraculturales y que tenían su propia compañía de teatro, por supuesto clandestina; habían ido a actuar al Festival de Teatro de Sitges y contaban increíbles anécdotas de un tal Fernando Arrabal, o que unos tipos, llamados Els Joglars, eran lo más. Me recuerdo atendiendo completamente a esos detalles, y más si tengo en cuenta que aquello se oponía frontalmente al ambiente reglado y formal que se vivía en nuestra casa. El tercer día, el 13 de agosto, el marido de mi hermana mayor se levantó muy temprano; estaba cursando la carrera de medicina, intentaba demorar lo más posible su incorporación al servicio militar, y a ese fin debía ir a resolver un papeleo oficial a La Coruña. Amanecía, el valle estaba tomado por una niebla muy espesa que subía del río, y mientras el resto del grupo dormía él hizo un café. Al oírle trastear fuera de la tienda, me desperté y salí, hizo un cacao con leche para mí. A través de la niebla pasó un avión sobre nuestras cabezas; volaba muy bajo. Terminamos las galletas, él se calzó unas botas, la mochila al hombro, y rumbo al tren lo vi desaparecer tras la maleza que parcialmente ocultaba el camino. Me quedé solo, junto al camping gas, comiendo más galletas hasta que los demás se levantaron. Durante toda la mañana, el avión, todavía oculto por la niebla, no dejó de dar vueltas sobre nosotros. Alguien pescó un cesto de ranas y cocinó las ancas, que ni probé. Cuando, aquella noche, él regresó nos dijo que había habido un accidente de aviación en Montrove, un pueblo muy cercano al aeropuerto; no había supervivientes. Los periódicos del día siguiente aclararon que debido a la densa niebla el piloto había estado dando vueltas para, finalmente, hacer una aproximación meramente visual, desaconsejada por la torre de control. Más adelante, en el artículo se decía que dos años antes ese mismo piloto había aterrizado en el aeropuerto en similares condiciones meteorológicas, motivo por el que le aseguró a la torre de control que no habría problema; creía poder orientarse. Le alertaron del peligro de una colina que antecede al aeropuerto, a lo que él contestó que sí, que lo sabía, y que aunque la niebla le impedía ver el terreno se fiaba del altímetro de la aeronave. No tuvo en cuenta que en tierras húmedas como las gallegas los eucaliptos crecen a una tasa de un metro por año; aquella colina ya no estaba como la última vez que él había aterrizado, impactó contra las copas de los árboles y eso provocó la caída de la aeronave montaña abajo, que se incrustó en el pazo del Río. En aquel momento no había nadie en la vivienda, sólo un perro, que permaneció horas en el único balcón que quedó en pie, en el primer piso. Cuando dos días más tarde dimos por finalizada la acampada y regresamos a casa, supimos que en ese vuelo viajaba un amigo de nuestro padre, residente en Madrid; él mismo había ido a esperarle al aeropuerto. Tras conocer la noticia del desastre, la viuda, en conversación telefónica, le había pedido que fuera él quien reconociera el cadáver. Años más tarde nos diría que había sido por la alianza de matrimonio, aún en el dedo corazón de la mano derecha, por lo único que pudo asegurar que aquel cuerpo carbonizado era el de su amigo. A partir de entonces, y a pesar de que a él le incomodaban los anillos y las cadenas —adornos que calificaba de ramplón primitivismo—, siempre que viajaba llevaba una cadena al cuello con su grupo sanguíneo y datos personales. Pocos años más tarde mi hermana mediana, y el que luego sería su marido, casualmente se harían amigos de uno de los herederos del pazo siniestrado, donde en los primeros años de carrera organizaban reuniones y fiestas. Un día me llevaron a pasar la tarde con ellos. En un extremo del jardín, creo recordar que apoyado directamente sobre un césped muy bien cuidado, se hallaba lo que había quedado más o menos intacto del avión, los mandos de la cabina, parcialmente derretidos y llenos de agujeros. Esa visión, que inicialmente tan sólo me pareció macabra, generaría en mí una aversión a los agujeros y las cuevas. Una vez mi padre nos llevó a la pequeña de mis hermanas y a mí a ver una mina de wolframio abandonada, ubicada en un valle, bastante profundo, de una comarca gallega. Todo iba bien hasta que nos aproximamos a la entrada que, apuntalada con tablones, y sin otra luz que la natural que entraba del exterior, me expulsó directamente: cada paso que daba hacia la boca de la mina iba acompañado de un aumento exponencial del miedo. A pocos metros de la entrada no pude dar un paso más, presa de un terror total, paralizado, rompí a llorar. En mi profesión como radiofísico hospitalario, que comprendía varias actividades pero la principal era la radioterapia —tratamiento de tumores susceptibles de ser eliminados con diferentes tipos de radiaciones nucleares e ionizantes—, en ocasiones he tenido que ver orificios que tumores avanzados generan en la piel, y siempre he sentido un mareo, una sensación de insoportable alucinación. En una ocasión me pidieron que acudiera a una consulta a ver un caso especial. Se trataba de un varón de unos sesenta años, de nacionalidad británica, a quien un avance tumoral no tratado a tiempo le había practicado un agujero en la frente, oculto con una gasa. Tras intercambiar unas palabras de cortesía, y a fin de evaluar exactamente el posible diseño de tratamiento, le pedí al paciente que él mismo se retirara la gasa de la frente. Extrajo un tapón de algodón, que dejó al descubierto un orificio del diámetro de una pequeña moneda, con una profundidad tal que se vislumbraba el cerebro. El paciente continuó hablándome como si nada. La imagen de aquel hombre de cabeza agujereada y, no obstante, parlante como cualquier otra cabeza sana, se me aparecería muchas veces en forma de pesadilla y reforzaría mi atávica aversión a todo agujero. En los primeros años de estudios universitarios me interesé mucho por la prosa de Burroughs, hasta que no pude soportar más su afición a la palabra *orificio*. A fecha de hoy, es por ello uno de los escritores del siglo XX que más detesto.

A menudo recuerdo aquel avión dando vueltas en la niebla mientras pescábamos ranas, lo recuerdo como si, contradiciendo su inminente caída, todavía hoy estuviera girando sobre nuestras cabezas. E inmediatamente vuelvo a pensar en mi padre, pocos días antes de yo nacer, viajando de Kansas City a Gander en un avión carguero para después cruzar el Atlántico, y todos aquellos ojos de vacas mirándole en la oscuridad del fuselaje, y un motor que pierde aceite y el piloto que echa un trago de Seven-Up adulterado. No obstante todo ello, aterrizaron en Gander a la primera; ninguna vaca sufrió daños. Ahí terminaba el trabajo de aquel veterano de la guerra de Corea. Tal como estaba programado, no uno, sino dos nuevos pilotos llevarían el avión hasta España, con escala de repostaje en las islas Azores, plan que tuvo que ser retrasado debido a la espera de la llegada de la pieza del motor dañado, encargada a Toronto. De cualquier modo, las pésimas condiciones de la pista, azotada por una tormenta cuya duración estaba prevista para cuatro días, impedían inmediatos aterrizajes y despegues.

Se alojó en el Albatross Motel, cercano al aeropuerto. La silueta de la fachada, acristalada y en punta, recordaba a un pájaro en pleno vuelo visto de frente. La habitación, sobria e inusualmente grande, se hallaba magníficamente aislada contra el frío. Compró un anorak en una tienda de la población, de la que el hotel constituía parte de su extrarradio. Desde la ventana podía ver las pistas de despegue, en algunas zonas cubiertas hasta por medio metro de nieve. Pero el primer problema lo constituía la permanencia de las vacas en el avión, no por culpa de las bajas temperaturas, que estos animales aguantan sin problema, sino por el riesgo a sufrir daños en las patas. La dureza del suelo termina por hacerles llagas. Ello le obligó a buscar alguna granja cercana en la que poder meterlas. No existía tal granja. Sólo tras agotadoras gestiones telefónicas, el gerente del hotel, dueño también de una flotilla de aviones de cercanías, se prestó a habilitar uno de los hangares de su propiedad, de suelo terroso, donde los animales podrían tumbarse y tener libertad de movimiento sin riesgo de herir sus patas. Pero el problema realmente grave lo constituía el alimento. Sin explotaciones bovinas en la zona, no había manera de encontrar hierba adecuada o pienso. Una desnutrición de varios días, unida al estrés del viaje, podría hacerlas enfermar irreversiblemente. Única solución: comprar pienso de pollos, que abundaban en la zona, y modificarlo añadiendo otros componentes hasta alcanzar las condiciones alimenticias requeridas por los bovinos. Un trabajador del hotel le llevó en jeep hasta una fábrica de tal clase de pienso, nave metálica plantada en un campo nevado, sin árboles ni montañas ni protección del viento. El coche atravesó unos silos, muy altos, acabados en una afilada punta cónica, los cuales, mientras me lo contaba, yo imaginé que le daban a esa fábrica un aire de campo de pruebas para cohetes, símil que se vio corregido cuando me dijo que al entrar directamente a la nave principal se encontraron con las máquinas de control de la instalación, autómatas de primera generación que en mi cabeza asocié en tamaño y aspecto a los típicos paneles luminosos de las salas de control de las centrales nucleares. No tardaron en conseguir el camión de pienso para pollos, que esa misma tarde alguien llevaría al hangar. Las vacas llevaban casi un día sin alimento. Faltaba ahora el aporte de proteínas requerido por el ganado bovino, un poco superior al que en aquellos años traía incorporado el pienso para pollos. Para ello, se lanzó a la búsqueda en la zona de alguna leguminosa forrajera. Esa noche la pasó entre llamadas telefónicas y cafés aguados. A cada hora bajaba al *hall* del motel a por el café, que mezclaba con una miel muy dulce y espesa. Fue a las 6 de la madrugada cuando, mientras embutido en su anorak revolvía el quinto café ante la ventana y observaba por enésima vez las casas de Gander, de chapa y madera y clavadas en la nieve en exactas cuadrículas, sonó el teléfono y alguien al otro lado le dijo que sí, que estaba dispuesto a venderle las leguminosas que necesitaba, concretamente, alfalfa. Pactó un precio y esa misma mañana un vehículo pick-up descargó en el hangar la cantidad requerida. Tras una mañana y una tarde dedicadas a trabajos de mezclas, los animales ya no detendrían su ingesta y rumia. Al día siguiente se vio obligado a reanudar la operación. Se aseguró de que alguien del Albatross Motel le llevara comida cada siete horas. También de que le fueran prestadas una estufa de keroseno y una silla, desde la que realizaría todas las manipulaciones, y un sofá en el que descansar cada equis horas. Habló con uno de los recepcionistas del hotel, Andrés, nativo canadiense cuyos padres provenían de México, y quien, dada su distribución de turnos hosteleros, resultaba ideal para que le relevara en los inevitables regresos al hotel a dormir y asearse. Andrés aceptó encantado la posibilidad de obtener un sobresueldo. Lo primero que hizo aquel joven fue preguntarle cómo se le ocurría vestir de traje y corbata en esa época del año en Gander; lo segundo fue llevar al hangar un bidón de fuel para aviones, vacío, en cuyo interior encendió una hoguera de madera de palés, que haciendo la función de estufa en todos aquellos días ya no se apagaría. Mi padre, cuando regresaba al hotel, lo primero que hacía era buscar a los pilotos, quienes solían estar en la sala de televisión y recreativos, situada en el sótano, para conocer las previsiones meteorológicas. Después caía rendido en la cama hasta seis horas más tarde, momento en el que tras asearse regresaba al hangar. Solía encontrar a las vacas en plena rumia y a Andrés con la tarea hecha y asando carne en una parrilla improvisada en el bidón en llamas; como combustible usaba tablones de encofrado que habían quedado por allí tirados tras unas obras de rehabilitación del aeropuerto. Estos tablones aún conservaban, pegados o infiltrados, restos de cemento del encofrado, lo que —decía Andrés— le daba a la carne un atractivo y especial sabor. Tras cuatro días de espera, que la monotonía del proceso hizo que parecieran cuarenta, las pistas de despegue estuvieron en condiciones y la pieza del motor, montada. Cargaron las vacas y partieron rumbo a las islas Azores. Lo que más le impresionó de esta nueva etapa del viaje no fue el viaje en sí, me dijo, sino la sensación de soledad que te es trasmitida al cruzar el océano acompañado únicamente de dos personas; tiene algo de flotación en un desconocido espacio exterior. Tras un número de horas que no recuerdo, y una vez ya prácticamente cruzado el Atlántico, se presentó un cuarto problema: por algún fallo en la electrónica de la instrumentación de la nave, los pilotos no eran capaces de localizar las Azores. «Estábamos perdidos, no había más remedio que, con ayuda de una rudimentaria cartografía, intentar un avistamiento de las Azores en el sentido estricto de la palabra, a ojo», me dijo. Las más de dos horas de cálculo de rumbos y conexiones por radio con la torre de control de las Azores, así como la ausencia de nubes y que fuera de noche, ayudaron decisivamente a la localización visual de las luces de la isla principal y de su pista de aterrizaje. Los controladores del aeropuerto no daban crédito. «Tras repostar y reparar el sistema de navegación despegamos para, ese mismo día, aterrizar en Santiago de Compostela. Por poco no llego a tiempo de verte nacer.»

Hace pocos meses le pregunté a mi madre —que hoy cuenta con cien años de edad— si esa ausencia de él en el último periodo de su embarazo le había molestado; ella me miró como si me hubiera vuelto loco, y me dijo, «pero, hijo, qué disparates dices, era su trabajo, soy huérfana de madre desde que tenía nueve años, sé valerme por mí misma, lo irresponsable por parte de tu padre hubiera sido no hacer ese viaje».

Páginas atrás he dicho que narrar al padre imposibilita narrar simultáneamente a la madre, que hay una suerte de «principio de incertidumbre heisenberguiano» por el cual al narrar al uno destruyes al otro, pero no sólo por pertinencia sino también por intentar refutar tal ley, quiero ahora extenderme brevemente en una vivencia materna, que tal como yo la entiendo, informa acerca de la autónoma fuerza de mi madre, supongo que no diferente a la de tantas otras mujeres de su misma época. El primer destino como veterinario de mi padre fue, a mediados del siglo XX, un por entonces pequeño pueblo, ubicado en el corazón geográfico de Galicia. Él había tomado posesión de la plaza como veterinario de esa comarca días antes de que mi madre, con sus dos hijas, una de cinco años y otra de pocos meses, viajara, desde el pueblo de la provincia de León en el que residían, a reunirse con él. De paso, ella llevaría lo que quedaba por transportar de la mudanza: un colchón y dos sillas. El plan era salir del pueblo de León en caballo, pues el barro de la pista que conectaba con la carretera principal imposibilitaba la salida en coche, y allí tomar un bus a León para coger un tren que las dejara en un punto, situado ya en Galicia, en el que estaría esperándoles un taxi concertado, que finalmente debía llevarlas a reunirse con mi padre. Mi madre me lo contó alguna vez: con una niña de cinco años y otra recién nacida en brazos, cargando, además de las maletas, con dos sillas y un colchón, hizo el itinerario según lo estipulado hasta que algo falló; el motor del taxi que, ya en Galicia, había ido a recogerlas se averió. Nevaba en la montañosa carretera secundaria de los años cincuenta, ni un coche, y mi madre y sus dos hijas y el taxista, metidas en el vehículo y esperando el milagro de algún par de faros a lo lejos, hasta que tras unas cuantas horas aparece un pequeño camión, lo detienen, el conductor les dice que suban; el colchón y las sillas van al volquete. Establecen una animada charla con el camionero. Mi madre me dijo que fue la primera vez que oyó hablar gallego. Las sillas que la acompañaron en ese periplo aún están en la casa. Redacto esto sentado en una de ellas. El colchón, de lana de oveja, hace muchas décadas que pasó a formar parte de la dispersa materia cósmica.

Esa clase de desafección, no sé si de carácter individual o generacional, con la que mi madre contó esa historia, coincide con lo que aquel día de 2010 mi padre me contó acerca de su viaje a Estados Unidos, sin atisbo de épica ni de hazaña; era su profesión y había que hacerlo, sencillamente. Nos quedamos en silencio. Aún no se le había manifestado la enfermedad senil como tal, pero sí ligeras ausencias; además, hablar durante más de una hora le causaba fatiga. Aproveché para ir a la cocina, donde cené. Él se quedó en el salón, sentado, dormitando ante un ejemplar de la revista *Pig International*. Hacía años que yo no veía un ejemplar de *Pig International*, cuyas páginas recordaba desde siempre en casa; una vez al mes el cartero la dejaba en el buzón, puntualidad que cuando tienes corta edad ejerce de reloj biológico. La portada variaba de mes en mes pero se trataba siempre de un mismo motivo, la cara de un cerdo que, mirando a cámara, ocupaba toda la página. Tener la colección entera de *Pig International* equivale a poseer un increíble archivo de caras de cerdos, que en algún momento ascienden a la categoría de rostros. Los censos gubernamentales, a través de las fotografías de los documentos de identidad o de pasaportes, lo hacen también con todos nosotros, pero al contrario: esa complejidad que es rostro será devaluada a simple cara. De cualquier modo, podrías poner todas las portadas de aquella revista en el suelo, formando un damero, y encontrar un sorprendente efecto colectivo. Ocurrió entonces una cosa. Mientras cenaba recordé los autorretratos de Van Gogh, los visualicé en conjunto y, a su lado, también espontáneamente mi cabeza distribuyó todos los autorretratos que conocía de Andy Warhol, para de pronto detectar la extraordinaria semejanza de colores, poses y miradas que ambas series tienen. Días más tarde hice ese experimento y, en efecto, observados de ese modo, los dos artistas son el mismo artista. Cosas sólo detectables en conjunto; la aparición de una realidad que únicamente puede emerger desde un *efecto estadístico*, desde una colectividad que en la visión de las cosas individuales desaparece. Por lo que pueda pasar, guardo toda esa colección de rostros de *Pig International.*

Terminé de cenar y él se acostó. Mi madre, nocturna desde que tengo uso de razón, se quedó viendo la tele en tanto yo merodeaba por el piso. Hacía casi medio año que no les hacía una visita. Fui a su despacho. Abrí uno de los cajones y me entretuve viendo fotografías, imágenes que siempre habían estado ahí pero jamás me habían interesado, de explotaciones ganaderas, en blanco y negro y en color, guardadas en un archivador de trabajos de campo. En otro archivador, específicamente de casos raros, encontré muchas imágenes que retrataban anomalías cuya existencia yo ni tan siquiera hubiera imaginado. Aunque, visto desde ahora, no sé por qué me resultaron extrañas; debido a mi profesión estaba acostumbrado a ver malformaciones de esa clase en las revistas científicas de patologías humanas. Quizá tenga que ver con el hecho de que la carne animal la comemos, y la humana no. Eso abre un sesgo definitivo en la percepción de lo simbólico y lo real. Aunque, al fin y al cabo, todo es carne. También me pregunté hasta qué punto eran más reales esas fotos que otras imágenes de animales que, monstruosos y trucados, vemos en las películas. Me he hecho muchas veces esa pregunta y jamás he hallado una respuesta satisfactoria. Quizá la única diferencia se halle en que las unas poseen título —el título de la película—, con su registro oficial, su copyright, sus autores bien identificados y su plena inmersión en la cadena del comercio de imágenes, y las otras tan sólo son carne que circula a efectos de estudios clínico-veterinarios. Posiblemente la capacidad de etiquetar e indexar, dar un nombre y ordenar el mundo, haga que una cosa ascienda de lo real a la ficción, pierda crudeza, se amabilice, se haga asumible como fantasía. Tras volver a meter en su correspondiente cajón la carpeta de fotografías de anomalías, pasé la vista por los lomos de libros que, en varias filas, se apilaban en la biblioteca. Títulos como *Tratado de bromatología*, *Patología y clínica del ganado bovino*, *Ecología microbiana de los alimentos* o *Cirugía suina* contenían ilustraciones que de inmediato mi cabeza relacionó con la *Lección de anatomía* de Rembrandt. Otras eran verdaderas partituras musicales, propias de John Cage o de Xenakis.

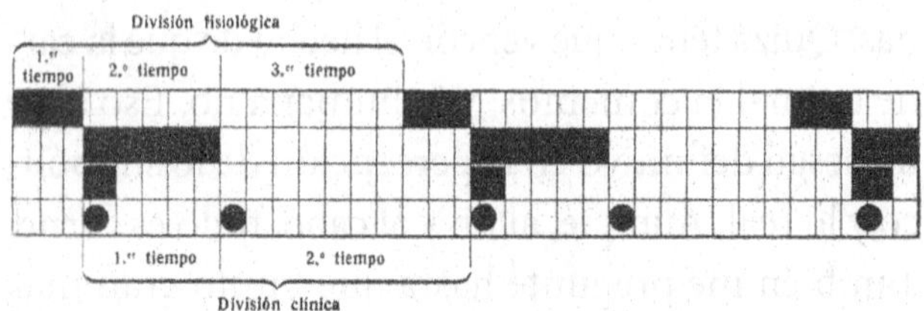

Fig. 23. Esquema de la revolución cardíaca. (Según Laulanie).

También me topé con esta imagen:

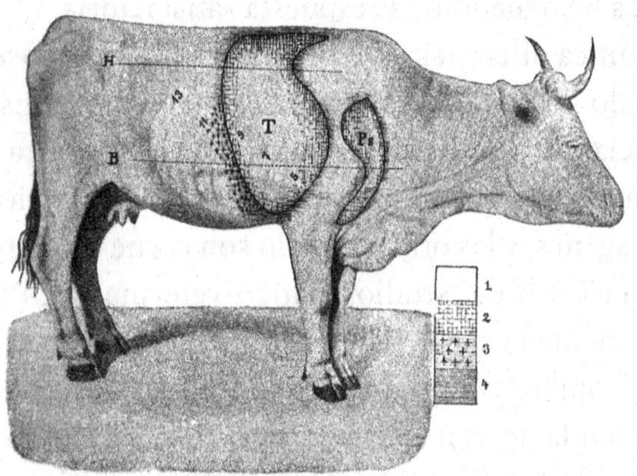

Fig. 48. Campo percutorio del buey. (Según Marek).

T, campo torácico; *Ps*, campo preescapular; *H* y *B*, líneas de íleon y del encuentro. *1*, sonido pulmonar normal; *2*, sonido submate; *3*, sonido timpánico; *4*, sonido mate; *5*, *7*, *9*, etc., las costillas respectivas.

Al leer con detenimiento la leyenda que aparece al pie, me di cuenta de que todo animal lleva un instrumento musical dentro, todo animal es un sintetizador vivo, un Moog naturalmente ofrecido por la evolución de las especies, y que en eso consiste la *música del mundo*; mejor dicho, la armonía de la *música del mundo*, hecha anatomía.

Entre las páginas del libro, *Fasciolosis hepática de los rumiantes*, encontré dibujos hechos a plumilla por él mismo, sumamente precisos, referentes a la anatomía de diferentes animales domésticos, fechados en sus primeros cursos de carrera.

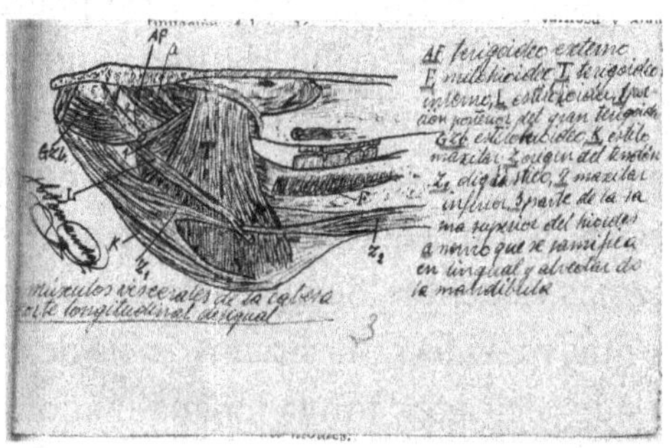

Otras páginas se hallaban literalmente cubiertas de anotaciones al margen, de su puño y letra. Abrí un voluminoso ejemplar, cercano a las mil páginas, *Fisiopatología de la reproducción animal. Esterilidad y fecundidad*, firmado por el catedrático F. Pérez y Pérez, publicado por Librería Editorial Científico Médica Española. Pasé hojas al vuelo, me detuve en la sección IV del capítulo 16, titulado «Hermafroditismo verdadero», donde leí: «se trata de un intersexo caracterizado por la coexistencia de testículos y ovarios en dosis simple o doble, en situación simétrica o asimétrica de las respectivas gónadas. Tales intersexos se clasifican en primarios, secundarios y finalmente terciarios o pseudohermafroditas».

Un poco más adelante, metida entre las páginas, encontré una nota firmada por él mismo, redactada a máquina, tamaño cuartilla, fechada en abril de 1962, en la que daba cuenta de un caso de *hermafroditismo verdadero*. Aparté la nota para leerla con detenimiento. Se trataba de un caso raro, el primer caso que él había visto, redactado con un estilo de informe técnico. Reconocí la tipografía de la nota, máquina de escribir Hermes —no en vano dios griego de la comunicación y de los viajeros—, que en mi infancia ya era antigua pero que él aún conservaba, y con la que escribí mis primeros y torpes poemas y cuentos. Se me pasó por la cabeza la idea de que, más allá de la circunstancia de que hubieran sido tecleados con la misma máquina, mis primeros textos tenían mucho que ver con la nota que ahora tenía entre mis manos. De alguna manera, en su mezcla de géneros, podrían verse metaforizados como casos de *hermafroditismo verdadero*. Lo extraño de una idea absurda no es su repentina aparición, sino que sea verdadera.

Abrí entonces otro cajón, al extraer varias carpetas me topé con una que, para mi asombro, en su cubierta decía con letras adhesivas:

En su interior me encontré con una especie de cuaderno del viaje a Estados Unidos que horas atrás él me había relatado. Hasta ese momento no tenía ni idea de la existencia de ese documento, de no más de cincuenta páginas, mecanografiado y salpicado de fotografías en blanco y negro. Mezcla de bitácora y documento técnico, tanto detallaba aspectos del modo de vida de las familias del Medio Oeste norteamericano, con especial atención al consumo de masas y los hábitos alimenticios, como recogía descripciones técnicas relacionadas con la veterinaria. De pronto ese documento comenzó a quemarme las manos, y yo quería quemarme con él, retenerlo de la manera que fuera, como si en caso de dejarlo de nuevo en su cajón y regresar al salón fuera a perderlo para siempre. Minutos más tarde, ya estaba escaneando unas cuantas de sus imágenes.

Vista exterior del complejo SWIFT en St. Joseph (USA).

(Fot. 6a) Detalle Pte.nuevo. Kansas City

Me sorprendió la mezcla de detalles veterinarios estrictamente técnicos con otros relativos a la socioeconomía del lugar, por ejemplo el pie de foto «Coche de la secretaria», para, según decía luego el texto, verse gratamente sorprendido por el nivel económico en Estados Unidos de esa clase de trabajos, infravalorados en Europa y, en especial, en España. O la presencia de detalles netamente pop, tales como postales turísticas pegadas al lado de una medición de grasa en un cerdo, o una vista exterior del motel Pony Express, donde se alojó, o el registro fotográfico de detalles aparentemente anodinos y muy concretos, puramente objetuales, como «Otro cobertizo para dormir», «Bebedero con tapa, al aire libre» o «Una báscula». También había lo que entendí como involuntarias reapropiaciones conceptuales: renombrar una típica postal del mapa turístico de Misuri como «Mapa de producciones de Missouri», o el redundante especificado del país («USA») en la leyenda de cada foto, detalle este que me dio una idea de la sensación de descubrimiento de una nueva tierra que durante el viaje de algún modo había rondado su cabeza. Todo ello, desde mi óptica del año 2010, lo interpreté como un sinuoso itinerario, una deriva a través de espacios sin filiación ni raíz, un nomadismo técnico que con el paso de los años yo podría redefinir como «obra literaria», o al menos obra susceptible de ser expuesta al mundo tal como ahora la estoy exponiendo. Naturalmente, si le hubiera dicho esto a mi padre se hubiera partido de risa. Para él todo aquello tan sólo era un informe fruto de su profesión.

HBI - Otro cobertizo para dormir.

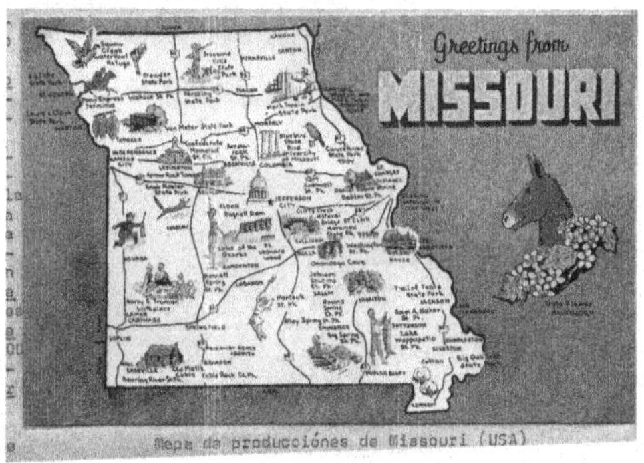

Mapa de producciónes de Missouri (USA)

HBI -Bebedero con tapa, al aire libre.

HBI-Oficina

Interior de la American Angus Association.

Y entonces, al llegar a esta última fotografía
—esos ojos que miran a cámara—,

llegó también un recuerdo, *Atom Heart Mother.*

Perturbado, me detuve un minuto para ir a la cocina a por una manzana. Mi madre y su corazón atómico ya se habían acostado. No encendí la luz. Eché una mirada a la cómoda del *hall*, una pieza de caoba traída de algún anticuario, cubierta con una gruesa losa de mármol y provista de cajones muy amplios. Cuando era pequeño estaba convencido de que en alguno de esos cajones de la cómoda se ocultaba un hombre pequeño, que salía por las noches a deambular por nuestra casa, ahora ese hombre pequeño era yo. Regresé al despacho, continué leyendo. Hacia el final del documento, noté una alteración respecto a lo que hasta entonces conocía de aquel viaje, alteración que al principio atribuí a una mala interpretación del texto por mi parte: el viaje allí descrito era exactamente igual al que yo conocía por su boca salvo en un detalle, no eran vacas lo que había traído a Europa, sino cerdos. Una foto, al pie, así lo decía.

Final de la carga cerdos HBI en Boston (Usa)

Me aseguré varias veces de la existencia de esta modificación, sin entender por qué, pocas horas atrás, en el relato oral él había efectuado ese cambio respecto al relato escrito. A fecha de hoy esto todavía constituye para mí un misterio.

Habitación 405. La máquina de carne continúa realimentando a la máquina abstracta: cables, tubos transparentes o coloreados, electrónica diversa. De momento no hay indicios de que se vaya a recuperar. Hace pocos días he estado con mi amigo y escritor Germán Sierra, profesor de neuroquímica en la Universidad de Santiago. Me ha dicho, «un organismo es una hipótesis». Llego entonces a la inevitable conclusión de que un organismo es el espacio natural de la bruma, un objeto que no sólo carece de causas sino de propósitos bien establecidos; un organismo es una hipótesis incluso cuando duerme. Observo los párpados de mi padre, cerrados, me pregunto qué estarán viendo los ojos que éstos ocultan, calculo que estarán en algún amanecer, en ese momento en el que lo real y lo imaginario no son la misma cosa pero se confunden, donde no existen depredadores ni depredados, o existen tantos que se anulan entre sí. Me acerco, aprieto su mano. No reacciona. Entiendo ese estado como la extensión de su siesta, la dilatación del paisaje de sus quince minutos diarios. Entiendo también que en eso consistían todas sus siestas diarias, ser lo más organismo posible, generar hipótesis.

Cuando él contaba con la edad de ocho años, se desplazó, junto con su madre, desde su pequeño pueblo natal, ubicado en el recóndito Valle Gordo de la montaña leonesa, a una población mucho más populosa, Villaseca de Laciana, a unos cuarenta kilómetros. El motivo no era otro que la profesión de mi abuelo, minero, quien ya estaba allí trabajando. De ese episodio, que duró pocos años, siempre tuve noticias por comentarios sueltos y ciertamente vagos; fiel a su idea de que el pasado es de cada cual y que sólo importa la construcción de un futuro, nunca quiso contarme de un modo muy detallado el aciago periodo de la guerra. No obstante, en el año 2008, recién jubilado, se aplicó a la escritura de un libro sin otro propósito que ser leído por la familia, en el que compendiaba y hacía repaso de su vida. Me hizo entrega de él en 2009. Por exceso de trabajo y por temor a no tener la cabeza donde hay que tenerla para abordar un libro de esas características, decidí dejarlo aparte durante un tiempo, posponer su lectura, que sólo ocurrió después de su muerte. Esa demora impidió que pudiera comentarle pasajes, generar la complicidad que todo aquel que escribe un texto biográfico necesita; es algo de lo que me arrepiento.

Tal como él lo describe en ese libro, y debido a la actividad minera de la región, supe que Villaseca de Laciana era un lugar históricamente de izquierdas, allí se juntaban la CNT, el PCE, el PSOE y la FAI, a veces aliados, otras veces enfrentados. Mis abuelos, ambos afiliados al PSOE, desde temprana edad le habían hecho un carnet de ese partido a mi padre. Tanto entre estos sectores como entre los pocos habitantes afines a las derechas, escopetas, pistolas y otras armas de fuego —antiguos trabucos incluso— circulaban sin demasiado control. Una tarde, a la salida del colegio, él y sus compañeros se vieron obligados a refugiarse entre unos camiones cuando dos sectores del PSOE, unos afines a Largo Caballero y otros a Indalecio Prieto, emprendieron una refriega con armas de fuego; las balas viajaban de lado a lado de la calle principal que atraviesa el pueblo, me dijo. Aunque en su libro él recuerda aquella época como una verdadera tortura psicológica y física para un niño, apunta que no todo era desagradable, especialmente las actividades culturales desarrolladas en el centro cultural del PSOE, donde se hacían funciones de teatro que él, aun teniendo en cuenta su temprana edad, ayudó a montar, y llegó a escribir adaptaciones de algunos textos una vez hubo cumplidos los once años de edad. Dado que era un excelente estudiante y poseía un nivel de conocimientos sensiblemente mayor que la mayoría de sus compañeros, mis abuelos le enviaban dos veces por semana a dar clase a mineros adultos, que voluntariamente se acogían a la escuela nocturna. Según él mismo escribió en el libro, su labor en esas clases consistía, sobre todo, en explicar asuntos matemáticos básicos y prácticos de economía: cálculo de capital, intereses, réditos, cubicaje de fincas y funciones propias de agrimensores, asuntos todos que en ese contexto no dejaban de tener una intención explícitamente doméstica. Fue en aquella época en la que se despertó su interés por las matemáticas, materia por la que desde entonces sentiría devoción, y que ya siendo adulto por una cuestión meramente logística habría de cambiar por la veterinaria: la Universidad de León no ofertaba la carrera de lo que por aquel entonces eran llamadas «ciencias exactas».

En la casa de mis abuelos de Villaseca de Laciana se vivía con mucha intensidad la actualidad política. Llegaba a su buzón el diario *El Socialista* y en ocasiones el *Heraldo de Madrid*, un grupo de mineros acudían por las noches a la cocina de la casa familiar para entre todos leer la prensa en voz alta, noticias acerca de las que luego discutían. También, algunas noches llamaban a mi padre para que fuera a la taberna, lugar en el que abundaban el humo, los borrachos, las apuestas y las discusiones que acostumbraban a llegar a las manos; el motivo de esa llamada no era otro que pedirle que les resolviera problemas de carácter matemático a través de los cuales, y por mero ocio, los mineros se retaban entre sí. Era increíble el grado de inmediatez en el que vivían aquellos hombres, algunos de los cuales inducidos por una falta de horizonte vital, y sin duda arporizados por el alcohol, apostaban grandes sumas, a veces el jornal de una semana, en juegos tremendamente simples que dependían de, por ejemplo, la tirada de un solo dado o de una simple moneda. Pero era para apuestas que requerían de un cálculo —cuántos litros de capacidad tienen un determinado barril o un saco de trigo que al azar alguno señalaba con el dedo— para lo que llamaban a mi padre, quien, a escondidas de mis abuelos, iba corriendo a resolverlo. El pago era un pequeño paquete de galletas Artiach. Resulta inconmensurable la capacidad que tienen los detalles para fijarse en la memoria, generar años más tarde un verdadero corpus sentimental. A mediados de los años ochenta, un día le noté triste, exhibición emocional muy inusual en él. Naturalmente, ni se me ocurrió preguntarle nada, nuestro tipo de relación nunca contempló que un hijo se preocupara por el estado psicológico y anímico del padre. Al día siguiente comentó que había visto en las noticias que la fábrica de galletas Artiach estaba a punto de cerrar, y eso le entristecía. Sólo cuando hace pocos años leí en su libro el asunto de las galletas que los mineros le daban en pago por sus cálculos de la taberna, supe el porqué, lo que me lleva a pensar que todo detalle que fijamos en la memoria y después ascendemos a recuerdo lo hacemos para que tarde o temprano aflore como nudo sentimental, como generador de un conflicto. Lo gracioso es que si ese conflicto no ocurre, lo inventamos. Un tiempo intransferible y propio. Es ésta una clase de inevitable, y a veces también perversa, construcción de la memoria.

Cuando en julio de 1936 fue declarada la guerra civil, él, que contaba con doce años de edad, por adelantar materias se hallaba preparando las oposiciones a ingeniero de la empresa minera local, que tendrían lugar cuatro años más tarde. Por su parte, mi abuelo, originario de Asturias, había dejado transitoriamente Villaseca de Laciana —y por lo tanto su trabajo en la minería— para ir al pueblo de mi abuela, en el Valle Gordo, León, a ayudar en las labores del campo. Un año más tarde, septiembre de 1937, mi abuelo se encuentra de nuevo en ese pueblo realizando las mismas labores de ayuda. Mientras tanto, en Villaseca de Laciana, y alertada la población por el avance de las tropas Nacionales, llega la orden del desalojo de los niños para ser éstos concentrados en Gijón con intención de, en un barco carguero, ser trasladados a Burdeos, luego a Saint-Nazaire, y desde ahí, probablemente en el buque Kooperatsiia, a la Unión Soviética. Mi abuela, alarmada, se niega a tal maniobra, que entiende tan desmedida como propia de un abuso de poder, y toma entonces la que sería la decisión más arriesgada de su vida: contraviniendo las órdenes del partido, decide esa noche coger a mi padre y regresar a pie al pueblo del Valle Gordo a reunirse con su marido. Si quieren evitar tanto a las tropas Nacionales como las Republicanas no tendrán más remedio que hacer los cuarenta kilómetros a pie, verdadero rompecabezas uniendo puertos de montaña, valles no frecuentados, caminos de toda calidad y otros que habrían de improvisar. A las 3 de la madrugada, con lo que pudieron meter en dos macutos y con un cerdo atado con una cuerda, partieron ella y el niño que era mi padre, acompañados de un vecino que conocía una primera parte del camino. Durante esa noche atravesaron los dos frentes sin ser vistos. El cerdo, que, como le es propio a esa especie, con el caminar sufría rápidamente de fatiga, debía beber cada media hora. Para ello llevaban lo que había sido una lata de sardinas de litro, que llenaban de agua fresca en las abundantes fuentes que nacen en esa cordillera. De esa operación se encargaba mi padre, quien entonces era ya tratado como un adulto; en caso de muerte del animal por no estar bien atendido, la culpa recaería sobre él. Tras una noche de dudas, bifurcaciones de caminos y algún extravío, al amanecer llegaron al pueblo de Los Bayos, donde desayunaron en la cantina, regentada por don Félix, persona de su confianza. Allí fueron informados de que tanto los Nacionales como los fieles a la República habían pasado horas atrás buscando escapados, y que los primeros habían ubicado una nueva línea de corte de paso en un lugar no muy lejano. Ello, una vez partieron de nuevo, les obligó a zigzaguear más de lo previsto. Finalmente, tras pasar la cumbre del puerto de la Magdalena, llegaron a Murias de Paredes, importante población de la zona, en la que conocían al dueño de los ultramarinos, Clemente, quien no les pudo abastecer de comida ya que, les dijo, los Nacionales habían pasado por allí el día anterior y, como él era de izquierdas, le habían confiscado toda la comida que tenía para vender; tan sólo les podía ofrecer unos trozos de tocino que los militares habían rechazado. En cuanto terminaron de comer, partieron hacia un camino que sólo los locales conocían, desde el cual arranca una cordillera que, una vez cresteada una larga cadena de cumbres, desemboca en el Valle Gordo. Allí se reunieron con mi abuelo, totalmente ajeno a aquella travesía.

Por sus especiales características orográficas —valle ciego, esculpido entre altas montañas y cuya carretera no tiene salida, y ello unido al sistema de vida agrario, sin industria—, el Valle Gordo vivió la contienda civil de manera mucho menos agresiva que el resto de la provincia. Sobre este episodio no cuenta nada más el libro, salvo que pasar de la dureza que se vivía en la minera Villaseca de Laciana al pueblo que desde siempre había sido su hogar fue para él «una liberación física y psicológica de primera magnitud». La hazaña de haber traído al cerdo sano y salvo elevó ante los habitantes del pueblo a mi padre de adolescente a adulto completo; su primer trabajo socialmente considerado. Niño y cerdo, niño y animal en la adversidad de la guerra buscando juntos un camino seguro que los llevara a casa. Treinta años más tarde, en la adversidad de un avión carguero que cruza el Atlántico, un adulto y decenas de ojos de cerdos buscando el camino seguro que los llevara a otra casa. Podemos decir que ambas casas son la misma casa.

Más adelante, en su libro de memorias, relata algo que más o menos en las mismas fechas está aconteciendo muy lejos de León y, en particular, muy lejos del Valle Gordo, y que afecta a otra parte de la familia, la proveniente de mi abuelo, radicada entonces en el pueblo de Ibias, Asturias, zona también marcadamente minera, y donde en torno a las mismas fechas en que él y mi abuela se escaparon de Villaseca de Laciana, el frente de Asturias se había hecho fuerte. Resumidamente: dos tíos de mi padre, fieles a la República, y que habían sido heridos de bala, se desplazan a Gijón para coger otro barco que —éste sí— tendría que llevarlos a la Unión Soviética. Tras varios días de espera, les dicen que no hay sitio para los heridos, aunque sí lo hay para algunos dirigentes del partido, y que deberán esperar un segundo barco; ese segundo barco nunca llegó. Una vez tiradas las armas, asediados por los Nacionales y también por caminos de montaña, los dos tíos de mi padre regresan a Ibias, concretamente a una pequeña villa denominada el Montillo. Allí, la madre de éstos, abuela de mi padre, les cura las heridas y los oculta. El hostigamiento del bando Nacional es tal que el abuelo de mi padre, que reside con ellos en el Montillo, les prepara una cueva, horadada en el sótano de la casa, a la que se accede por una trampilla bajo un pesado armario de la cocina, y donde deberán permanecer hasta que la situación se despeje. La ocultación podría durar semanas, meses o años. El ejército Nacional no tardó en presentarse en la casa exigiendo a la abuela de mi padre la delación del paradero de sus hijos, bajo amenaza de hacerla a ella responsable. Por su parte, mi abuelo, en el Valle Gordo, se entera de que sus dos hermanos están ocultos en ese zulo, y recuerda entonces a un coronel de Valladolid que, habiendo quedado años atrás muy satisfecho por su labor en el servicio militar, le había dicho que si algún día tenía cualquier problema con el ejército acudiera a él. Era el momento para usar tal influencia. Mi abuelo viaja entonces desde el Valle Gordo a Valladolid, donde no encuentra al coronel; en su lugar, otro alto mando le da dos cartas que deberían servir para que sus dos hermanos, aún en el zulo, se vieran liberados del hostigamiento de los Nacionales. Por sus diferentes acciones en el frente de guerra, para uno de los tíos era muy probable que la carta surtiera su efecto, pero para el otro la liberación no estaba a priori tan clara, por lo que llegado el momento de presentar su salvoconducto, para este segundo habría que idear sobre la marcha algún plan alternativo. Mis abuelos deciden entonces que mi padre es el candidato ideal para llevar a cabo ese viaje a Ibias. Contaba con trece años de edad, no levantaría sospechas de ninguna clase. En el libro, él lo cuenta así:

«Mi madre preparó una bolsa para que me la colgara del cuello, bajo la ropa, con los salvoconductos. Por otra parte, una vecina del pueblo, originaria de Madrid y separada de su marido por la guerra, nos prestó un maletín de piel, de fuelle, y me vistieron con mi mejor ropa, la reservada para los días especiales, que me daba un aspecto más distinguido, matiz que nada tendría de superfluo a la hora de pasar los diferentes controles sin ser parado ni registrado. Mi comportamiento durante el viaje siempre fue el mismo, el maletín sobre las rodillas y la vista perdida en el paisaje. Nadie me interpeló. Tras un día de viaje dormí en Cangas, donde tenía familia. Al día siguiente, un chófer que siempre hacía la misma ruta me llevó hasta un lugar llamado Venta Nueva, donde un cartero llamado Chiquito me llevaría con él para atravesar a pie los montes de Muniellos hasta el alto del Connio, a 1.350 metros de altitud, punto en el que ese cartero y otro de la otra zona de Ibias solían canjearse la correspondencia. En ese momento debían canjearme a mí también. El canje se hacía oficialmente en el kilómetro 33, pero allí no había ningún cobertizo ni nada, era un simple punto administrativo, un dibujo en un mapa, de manera que el cartero que llegaba primero sencillamente rebasaba el kilómetro 33 y continuaba camino hasta que se encontraba con el otro. Chiquito era un hombre de fisonomía celta, mediana estatura, ojos vivaces y barba blanca de una semana, usaba boina y calzaba polainas para repeler la nieve. Durante la hora larga de subida por atajos y senderos me fue contando cómo eran los osos de Muniellos, y cómo cazó un urogallo disparando desde la copa de un árbol. No sé si todo aquello era cierto, pero me entretenía el camino. Por fin nos juntamos con el cartero de Ibias, quien tras cogerme a su cargo me dejó en la Mergulleira, muy cerca de mi destino. Desde allí, subí al Montillo y entregué la bolsa con los papeles a mi abuelo, a quien prácticamente no conocía, y quien al verme ni se quedó patidifuso ni nada, sencillamente me puso la mano en el hombro y me dijo que me sentara, leyó las dos cartas, y con unos golpes en el suelo indicó a mis tíos que salieran del zulo. Tenían la tez más blanca que jamás he visto. Al día siguiente bajé con mi abuelo a San Antolín de Ibias, donde antes había estado el Ayuntamiento y en aquel momento residía la oficina del militar. Un teniente, encargado de la coordinación municipal, nos recibió enseguida. Descuelgo la bolsa, extraigo el primer salvoconducto, se lo entrego al teniente, quien, visiblemente impresionado, nos dice que cuanto antes se presente el interesado para hacerle la ficha reglamentaria y así pueda seguir su vida normal. Mi abuelo le dice al teniente que el segundo salvoconducto es para otro hijo. Es entonces cuando improvisa e inventa la historia de que éste se halla en la zona roja, y que no sabe nada de él. El teniente le informa de que en caso de que apareciese fuera a hablar con él, y que si no pesasen sobre él delitos de sangre, lo máximo que le podía ocurrir era ser internado durante unos meses en un campo de concentración.

»De esta manera, mi abuelo y yo salvamos también la vida de mi segundo tío».

A poco tiempo de regresar al Valle Gordo nació la única hermana que tendría, lo cual, en los terribles tiempos de guerra, constituyó una indescriptible alegría. Pero la contienda continuaba y durante algún tiempo a menudo su padre tendría que dormir en los pajares de vecinos o en la casa del cura, don Pedro, quien se prestaba a ocultarle tanto de los Nacionales como de los Rojos. El motivo era simple: en aquel momento, ya mi abuela y mi abuelo se habían sentido desengañados por el modo, a su juicio fratricida, en el que las izquierdas habían gestionado la guerra en Asturias y León. Por ello se habían desafiliado del partido, lo que les granjeó represalias. Por otra parte, debido a su pasado activista en la cuenca minera, cada cierto tiempo los franquistas iban en su busca y encontraban el modo de hacerles la vida imposible; salvarla ya fue en sí mismo un milagro.

Tengo para mí que aquellos dos acontecimientos, la huida de Villaseca de Laciana para no ser llevado a la Unión Soviética y la huida de los dirigentes de izquierdas desde Gijón dejando en tierra a sus dos tíos heridos, así como toda la peripecia posterior del zulo y los salvoconductos, dibujó en él un pensamiento ideológico absolutamente descreído. Tengo también para mí que por ello fijó a partir de entonces la atención en las estructuras de las cosas, en el análisis más bien sistémico de las situaciones, no en la emocionalidad de los relatos. En cierto modo, y hasta el momento de escribirlo en 2008, creo que fue premeditado no contarnos a sus hijos detalles de todo aquello a fin de no fomentar en nosotros un odio derivado de asuntos pasados. Supongo también que tras esa actitud existía un generalizado resentimiento hacia ciertos líderes de masas que, llegado el momento de la verdad, se escapan para dejar que sean los militantes de base quienes se enfrenten al poder, pierdan las haciendas y en ocasiones la vida. Me parece estar oyéndolo: «no animes a nadie a hacer algo que tú no te atreverías a hacer. Si estás convencido de algo, para empezar, hazlo tú mismo». Dicho de otro modo, *hazlo tú mismo*. Cuando en mi adolescencia comencé a grabar cintas y comprar discos de Sex Pistols, The Clash u otras bandas radicales, que ponía en el casete a todo volumen, él pasaba por delante de mi habitación, nunca entraba, se detenía en la puerta a escuchar y sonreía. La etimología de la palabra *radical* lo dice todo: *radical* no es gritar más que los demás sino «agarrar las cosas por la raíz». Otra forma de enunciar el adagio punk: «hazlo tú mismo». También es cierto que tras leer su libro me encajan otros comportamientos que hasta ese momento me habían parecido inexplicables. Como cuando, teniendo no más de doce años, y habiendo perdido el bus del colegio, me veía obligado a hacer parte del trayecto a pie, de noche y en ocasiones bajo la lluvia, y llegaba muy tarde a casa, y él no le daba ninguna importancia o no advertía el riesgo en ese periplo. O cuando a los catorce o quince años llegó el momento de querer empezar a salir por la noche; al contrario de lo que les ocurría a mis amigos, él nunca me puso pegas. A esa misma edad empecé a practicar escalada. Íbamos un grupo, solos, en ocasiones por espacio de dos semanas a los Picos de Europa. A pesar de que entrenábamos duramente, sin apenas conocimientos ni aún buena preparación física escalábamos rutas de alta dificultad en las cuatro caras del Naranjo de Bulnes; todo lo que sabíamos provenía de un par de libros técnicos y de otros tantos más bien épicos. La noche anterior a partir a tales viajes, yo solía desplegar el material sobre el parquet de mi habitación a fin de repasar que la cuerda, los clavos, los mosquetones y los fisureros estuvieran en perfecto estado. Mi padre nunca me preguntó qué hacía exactamente cuando me iba, ni qué clase de cumbres subíamos ni qué medios de transporte utilizaríamos. Aquello me gustaba por la libertad que me otorgaba. Esto me ayudó a pronto responsabilizarme de mí mismo. En contrapartida, todo ello dibujaba a un padre relativamente lejano, una figura más bien marmórea en la que confías al cien por cien porque adquiere dimensiones omnipresentes a costa de la ausencia de una sentimentalidad que todo niño exige. Es algo que durante mi adolescencia eché en falta. Mi madre, aunque mucho más cercana, no podía por sí sola suplir ese vacío porque siempre piensas que la otra parte debe hacer algo más o, lo que es peor, te preguntas por qué no hace algo más. Me recuerdo amargado por esto, pero nunca le guardé rencor porque al fin y al cabo como figura protectora nunca me falló. Él era el cielo sobre mi cabeza, y como todo cielo, aunque en ocasiones se revele tormentoso o injusto, también es protector. He ahí la irresoluble paradoja del poder.

Los fines de semana, por lo menos hasta que tuve ocho años, en vez de dejarme en casa o mandarme a la calle a jugar, me llevaba con él a visitar las granjas que como veterinario tenía a su cargo, a las que se llegaba por carreteras que más bien eran barrizales; él siempre se demoraba y no regresábamos hasta la noche. Como nunca le gustaron los deportes, la única ventaja que yo le veía a aquello era que, al contrario que mis amigos del colegio, no tenía que comerme en la radio del coche el *Carrusel Deportivo*. Algunas veces me quedaba fuera de las naves, jugando con los hijos de los granjeros, o solo, y cuando me cansaba de desviar el agua de los charcos, de jugar con algún perro o de tirar pequeñas piedras a los silos metálicos —que si estaban demediados emitían un extraño y primitivo ruido de campana—, me metía en el coche y sencillamente esperaba a ver aparecer su figura, envuelta en una gabardina beige que tenía para tales tareas, y unas botas de goma, amarillas, hasta las rodillas. Como él no tenía otros casetes que los de sus clases de inglés, y yo en aquel entonces no era afín a la radio, no podía escuchar música. Sentado en el asiento de atrás, mientras le aguardaba y al otro lado del cristal se extendía el prado gallego de domingo por la tarde, a menudo lluvioso y sereno, recuerdo haber tenido el deseo de algún día irme a vivir a una tierra más soleada. Cuando muchos años más tarde leí el comienzo de *Mazurca para dos muertos*, esa voz geológica y atemporal que nos dice:

> Llueve mansamente y sin parar, llueve sin ganas pero con una infinita paciencia, como toda la vida, llueve sobre la tierra que es del mismo color que el cielo.

Cuando leí ese comienzo, digo, regresé a aquellas tardes de domingo, ocho años de edad, sentado en el coche, solo, y lo entendí todo.

Pero lo habitual era que me dijera que lo acompañara al interior de las naves, para ello el granjero de turno me prestaba unas botas de talla pequeña que aun así eran gigantes, y situado siempre detrás de los adultos y sin abrir boca asistía a la inspección de gallinas, cerdos, vacas u ovejas, así como a detalles técnicos que casi siempre iban acompañados de inyecciones u operaciones quirúrgicas in situ. Una vez vi nacer un cordero, y al verle salir pensé en mí mismo naciendo. En una ocasión, que también vino la pequeña de mis hermanas, mi padre y el granjero estaban hablando lo suficientemente apartados como para no vernos, y los hijos de aquél, más o menos de nuestra edad, al vernos a través de la ventana de su casa, un poco separada de las naves, salieron y nos tiraron piedras mientras gritaban que éramos unos niños de ciudad. Naturalmente, mi hermana y yo respondimos con más piedras. Cuando llegaron los respectivos padres, todos actuamos como si no hubiera pasado nada. Recuerdo ese episodio como una especie de despertar a la existencia de otras realidades; en efecto, a pesar de provenir yo de una familia rural, lo rural ya poco tenía que ver conmigo. Ni mi ocio era el mismo que el de aquellos niños, ni comía lo que comían aquellos niños, ni me expresaba como aquellos niños, ni vestía como aquellos niños, ni, en una España de 1975, todavía muy estratificada, compartía unas posibilidades de futuro ni real ni simbólico con aquellos niños. Por mediación de mi padre y de mi madre yo ya partía de otro lugar. De cualquier manera, en sucesivas visitas me hice amigo de aquellos dos hermanos, cambiamos el tirarnos piedras por lanzarlas a un río cercano; una vez me dijeron que la vida rural era muy aburrida y que algún día querrían irse. Irse, todo el mundo quiere irse de su lugar de origen. El origen acostumbra a ser un mito que te encadena. Otras veces me llevaba a los consejos de administración de empresas ganaderas y me sentaba en una silla, situada un poco aparte de las de los adultos, para que escuchara. En más de una ocasión asistí, ante notario, a la firma y formalización de escrituras de compañías y sociedades anónimas, nacionales o internacionales. Después no me daba detalles, no me preguntaba si me había fijado en una cosa u otra, tampoco me daba explicaciones de por qué me había llevado, regresábamos en silencio a casa. Creo que aplicaba la idea de que los niños no se fijan en lo que se les dice sino en lo que ven. Cuando terminé la carrera, ciencias físicas, llegué a casa y tras comunicárselo a mi madre, quien mostró una gran alegría, se lo dije a él. Me dijo: «muy bien, hijo, ya eres poco más que analfabeto. Ahora, de aquí en adelante».

«Ya eres poco más que analfabeto. Ahora, de aquí en adelante.» Habitación 405, me senté en la cama de al lado. Su rostro, del que ahora sólo veía el perfil mineralizado, era de nuevo la cara oculta de la luna, por momentos más y más oculta y sin embargo circundada por un coronario resplandor que no hacía sino incrementarse. Me acerqué a la ventana, un poco abierta. Minutos atrás había comprado un café en la cafetería de la planta baja; para que se enfriara lo apoyé en el alféizar exterior. A mi espalda el burbujeo del respirador artificial, la habitación metamorfoseada en pecera, todo esto creo haberlo dicho, pero no que lucía un perfecto sol de febrero y, no obstante, hacía frío. La clínica, ubicada en Ciudad Jardín, barrio residencial de casas unifamiliares y villas de principios del siglo XX, domina la colina. Prácticamente nunca había vuelto a ese barrio desde que, en la preadolescencia, algún sábado por la tarde visitaba a un amigo que vivía allí. Días atrás había recibido un e-mail de otro antiguo compañero de colegio, en el que me decía que, tras veinticinco años sin vernos, había organizado una cena de antiguos alumnos; yo no podría asistir por encontrarme de viaje literario, invitado al festival Hay, en Cartagena de Indias. Guardo buenos recuerdos de mi colegio, donde a pesar de ser de carácter religioso no tengo memoria de una especial presión para asistir a actos de esa naturaleza, y donde disfruté de libertad para ejecutar todo el mal y todo el bien que a un niño y a un adolescente se le pueden pasar por la cabeza. Mis padres casi nunca nos llevaron a misa. Cuando antes de entrar en la universidad les pregunté por qué entonces me habían matriculado en un colegio de tales características adujeron motivos meramente pragmáticos, que en aquel momento no entendí. En los años de la Transición, circulaba por casa la revista *El Viejo Topo*, comprada por mi hermana mayor. Arrastrado por esa curiosidad tan común a la infancia, que te lleva a recibir cualquier cosa que no comprendes como un verdadero juego de misterio, me gustaba hojearla, detenerme en fotografías y dibujos, leer títulos de artículos como «La histerización del cuerpo de la mujer» o «Biologismo y fascismo», incomprensibles dada mi corta edad pero atractivos en tanto que aludían a un mundo de mayores. Comento esto porque en el colegio nos habían mandado hacer un póster sobre cartulina acerca de «la vida moderna», «la vida en la actualidad», o algo así; se me ocurrió utilizar un ejemplar de *El Viejo Topo* para recortar toda clase de fotografías que a mi entender podrían encajar, desde un anuncio de las colectividades libertarias de España a fotos de tipos encapuchados, pasando por un titular de literatura y cultura gay o una viñeta de Milo Manara. Temí que el profesor llamara a mis padres para preguntarles qué significaba todo eso, cosa que no ocurrió. No obstante, en previsión de la bronca que me podría caer, había preparado una respuesta que, con otras palabras, con palabras de un preadolescente, tenía que ver con la siguiente idea: también mis padres mezclaban toda clase de objetos, ideas y costumbres sin importarles su origen y su filiación, también ellos a su manera recortaban cosas de la realidad para crear nuestro día a día doméstico, familiar. Aquella mezcla de registros visuales de mi póster no ha dejado de parecerme bella.

Por otra parte, nunca me interesó la religión como verdad, tan sólo como relato y proyección antropológica. Técnicamente, la mente paranoica es aquella que tras todo signo de duda encuentra una mano oculta, una conspiración universal que, de manera supuesta, le sobrepasa. Desde este punto de vista, la religión, ya sea occidental, oriental, sincrética o de tipo *new age*, es la teoría de la conspiración más grande jamás contada, y el creyente, un perfecto paranoico inducido. Todo ello, y habida cuenta de que el humano es un ser religioso en sí mismo —no se conoce cultura que no rinda culto a alguna clase de experiencia transcendente—, da como resultante ese carácter de incompletitud emocional del cual la humanidad al completo participamos. La actual fascinación y simultáneo temor ante la Inteligencia Artificial no responde sino a ese mismo mecanismo religioso: crear un ente superior en el cual verter todo lo que por nosotros mismos no podemos resolver. Dar algo para recibir algo, una economía netamente religiosa.

En el mismo e-mail que me anunciaba la cena de antiguos alumnos del colegio, mi amigo me adjuntaba una foto de grupo de toda la clase, hecha cuando teníamos ocho años, en el patio. Observé las treinta y dos caras, intenté recordar los nombres de todos ellos. Es curioso cuán rápidamente olvidas a alguna gente con la que has convivido desde los cuatro hasta los dieciocho años de edad. Al vernos a todos allí retratados me di cuenta de que cuatro de ellos estaban muertos —a fecha de hoy son cinco—. Instintivamente puse el dedo índice sobre sus rostros, nombré cada uno de los cuatro, los nombré varias veces; contar es importante, pero más importante es contar bien. Días más tarde, en varias ocasiones volví a recordar a los cuatro compañeros de clase. Cada vez que encendía el ordenador, la pantalla, salpicada de mis huellas dactilares, dibujaba el escenario de cada una de sus ausencias, como un mapa de estrellas que, incluso muertas, no se han apagado del todo. Desde mi posición, en la ventana de la habitación 405, pude ver la casa, a no más de cincuenta metros, de otro de los antiguos amigos del colegio. El jardín había sido modificado. La piscina se hallaba tapada con un toldo de invierno. Me pareció que había muchas más flores, pero esencialmente de las mismas clases que cuando cuarenta años atrás jugábamos en el jardín. Las persianas, totalmente subidas, me permitieron ver una silueta avanzar por una de las habitaciones del segundo piso, se movía sin dificultad. Me pareció entonces estar espiando mi propio pasado, y aparté la vista. ¿No es cierto que a veces sentimos el pudor de espiarnos a nosotros mismos? Ocurre cuando lees un antiguo texto de tu puño y letra y no te reconoces en la caligrafía. Como si tus manos hubieran sido intercambiadas por las de otro. De pronto aparece un miedo a no poder verte a ti mismo en el pasado que te es propio, admitir que algo ha muerto. En otra casa, más cercana, un hombre cortaba el césped. Una voz le llamó para desayunar. «A desayunar», así le gritó. Eché un trago a mi café, ya templado. Supuse que a mi espalda mi padre aún soñaba o dormía. Metí la mano en el bolsillo del pantalón. Palpé la factura del café, 1,5 euros. Las facturas son objetos aparentemente inútiles. No valen sino para sobrecodificar lo que el tendero y el cliente ya han codificado de palabra: «son 1,5 euros», «aquí tiene los 1,5 euros». Las facturas son magistrales redundancias inventadas por los Estados para extraer réditos, y sin embargo cumplen la fundamental función de dejar un registro escrito de lo ocurrido; la superioridad de la escritura sobre la oralidad puede que sea la más importante herramienta creada por el humano, a la misma altura que el fuego; las cosas han existido —y existen— en la medida en que en algún lugar han sido indexadas. En relación con esto, ocurrió algo significativo. Pocos meses atrás mi padre y yo estábamos en su casa y decidí que estaría bien llevarle a dar un paseo. Durante todo el día él había estado repitiendo que esa casa no era la suya. En ocasiones como ésa, yo utilizaba con él lo que burdamente podríamos llamar «el método del informático»: cuando hay un problema irresoluble, salir y volver a entrar. De manera que lo sacaba de paseo —una vuelta a la manzana era suficiente—, y cuando regresábamos ya la casa era perfectamente reconocible por él. Por otra parte, en esas breves caminatas su mente se aclaraba cuando veía las luces de las tiendas o cuando se encontraba en la situación de verse obligado a atender al color de los semáforos. En aquella fase avanzada de su enfermedad, le gustaba sobre todo ir a unos grandes almacenes, ubicados muy cerca de nuestra casa, y pasmarse ante los cientos de libros, películas y discos. Empleaba en tal contemplación por lo menos media hora. A menudo se quedaba parado, apoyado en el bastón, y observaba una misma estantería durante muchos minutos. Ni se acercaba ni se alejaba, sólo miraba lo que parecía ser la visión de una gran obra, una obra que excedía a cada volumen particular, algo así como un fantástico compendio de todo cuanto los grandes almacenes contenían. En una ocasión me dijo que buscaba mis novelas, a pesar de hallarse éstas en otras secciones. Pero aquella tarde sólo quiso pasear. Cruzamos el primer semáforo. Su brazo cogido al mío. Saludamos a gente que él reconoció o, no lo sé, fingió reconocer. Al pasar por delante de una cafetería, se detuvo. «Vamos a tomar un chocolate con churros», dijo. Prácticamente acabábamos de comer, así que le pregunté si tenía hambre; no me contestó. Ocupamos la única mesa vacía. Pidió un chocolate pequeño y «unos cuantos churros». Comimos en silencio. Sólo una vez susurró, «es bueno este chocolate». «Pero ¿tienes hambre?», le pregunté de nuevo, y respondió que no. Ante mi intento de averiguar por qué entonces comía con tanto apetito, sin disimular su perplejidad respondió, «es para el hambre teórica», lo dijo un tanto malhumorado, como si yo no estuviera comprendiendo una evidencia. Asentí y volvimos al silencio. Entretanto, niños corrían alrededor de las mesas, molestaban; creí oportuno pedir la cuenta. El camarero depositó la factura sobre la mesa. Llevé la mano al bolsillo, pero, tal como era su costumbre, quiso pagar él. Abrió su cartera. No sin dificultad contó las monedas. En tanto él hacía esas operaciones me di cuenta de que quizá fuera ésa la primera vez en la vida que iba a una cafetería o a un bar con él. Por raro que parezca, no recordé haber estado antes, solos, tomando algo en un local público. Me atravesó entonces la intuición de que ésa no sólo era la primera, sino que también sería la última. Le miré. Había en sus labios un poco de chocolate. Le hice una seña y deslizó la servilleta por la comisura. Parecía feliz. Cogió el cambio y me dijo que me quedara con la factura. Entendí que ese objeto, esa lista que detallaba la transformación de productos de consumo en cifras, y que él acababa de regalarme, ese papel que tenía impresa una dirección fiscal, una dirección postal, un CIF y un nombre, Churrería Bonilla, empresa que estaría registrada en algún tomo de un Registro Mercantil, era el objeto que de pronto nos convertía en un padre y un hijo para un final. En efecto, nunca más volvimos a tomar algo solos en público. Y, sin embargo, esa factura fue el mayor regalo que me podría haber hecho. Resumía y al mismo tiempo consolidaba la particular relación de toda una vida. A veces me he sorprendido a mí mismo releyendo: *2 chocolates pequeños = 3,40 euros. 6 churros = 1,50 euros. Total (impuestos incluidos) = 4,90 euros*, para ver ahí al más abstracto de los géneros, el memorialístico. Nuestra legítima y particular Novela Histórica.

Habitación 405. Cierro la ventana. Consulto el reloj, 11.30 am. Circulo por el breve pasillo que separa las dos camas. Todo se halla extremadamente ordenado; en los hospitales todo es orden o no es. Entre los años 1999 y 2002 viví solo en Deyá, un pueblo de Mallorca; acababa de divorciarme de mi primera esposa y, en un proceso que había sido doloroso para mí, supongo que necesitaba ese apartamiento. La casa, relativamente grande, se distribuía en dos plantas, y una tercera, más pequeña, que correspondía a un pequeño torreón. Fueron años muy fructíferos en cuanto a creación y gestación de ideas; cuando no estaba en mi trabajo en el hospital no hacía otra cosa más que leer toda clase de literatura y textos de filosofía, teoría cultural o antropología, y escribir. En principio tenía un sofá de dos plazas, que no tardé en cambiar por otro de tres. Me di cuenta de que un sofá de dos plazas induce un tramposo sentimiento de soledad; te sientas, miras a un lado y siempre parece que falta algo. Aquella casa, casi despojada de objetos, la mantenía en perfecto orden. Con el tiempo comencé a dejar cosas desordenadas, al principio creía que lo hacía sin querer pero más tarde entendí que esos mínimos gestos de desorden respondían a la necesidad de simular que en la casa vivía alguien más, que no estaba solo. Es posible que eso fuera cierto; un día me desapareció un zapato, no el par, sino únicamente uno de ellos. Otro día me desapareció un guante, también solamente uno del par. Si alguna clase de fantasma deseaba inducir un desorden, lo hacía por el extraño método de la sustracción. En los hospitales, para sentirte acompañado no hace falta que los objetos estén desordenados ni que fantasma alguno ejerza de ladrón, pues ya hay otro desorden, general, elemental y vívido: la propia enfermedad en los cuerpos, esa locura que tarde o temprano conquista el mundo celular. Mis padres únicamente vinieron una vez a visitarme a esa casa. Creo que fue en marzo del año 2000. El pueblo les pareció incómodo, mal planificado, incluso fuera de lugar, como si el propio tejido de la villa flotara en otro siglo; no sé si pasado o futuro, pero otro siglo. No comprendían que en un pueblo de poco más de quinientos habitantes pudieras salir a la calle y comprar una joya de miles de euros pero, si querías reparar una silla, no hubiera una ferretería para comprar un clavo. Mi tiempo allí lo percibí siempre como algo transitorio. Amigos que venían a mi casa decían maravillarse con ella, y con el pueblo, sin duda pintoresco, y donde habían vivido o se habían alojado ilustres como Robert Graves, Julio Cortázar, Borges, Kevin Ayers, Lady Di y un larguísimo etcétera; yo mismo me encontré un día de bruces con Catherine Zeta-Jones y estuve charlando con ella sin saber que era Catherine Zeta-Jones; incluso cometí la ridiculez de darle mi número de teléfono «por si otro día pasas por el pueblo». Otra vez, con un cesto de paja al hombro y pantalones remangados pasó por delante de casa Lou Reed, quien saludó y siguió camino, pero lo cierto es que ni yo había ido a ese pueblo a cruzarme con personajes famosos ni nada de ese mundo despertaba mi interés; antes al contrario, constituía un contratiempo para mí. A los pocos días de instalarme en esa casa, y con la idea de introducirme en el ambiente local, mi vecino, Tomás Graves, único habitante propiamente del pueblo con quien tuve y aún tengo una relación de amistad, bienintencionadamente me invitó a una fiesta que se celebraba en una vivienda cercana a las nuestras. Baste decir que no volví a ninguna fiesta en ese pueblo situado en el epicentro de la sierra de Tramuntana, donde los inviernos son fríos, húmedos y largos. La carretera, que partiendo de la ciudad de Palma te conduce hasta la villa, es estrecha y sinuosa, bordea acantilados bajo un paisaje que desde el siglo XIX ha alimentado la imaginación de escritores culturalistas y tardorrománticos, y mucho antes a místicos como Ramon Llull; para mí no era más que un infierno de curvas. Echo la vista atrás y no detecto influencia directa de aquel pueblo y de aquel paisaje en cuanto escribí en aquella casa, carencia que, dados mis gustos y apetencias, vista desde hoy me parece muy lógica; por lo demás, denotaba mi severo aislamiento. Aunque sí hubo influencias indirectas: en invierno bajaba a la cala y con fascinación observaba tapones de botellas, trozos de peines, bolas de papel de aluminio, objetos que habiendo sido de consumo humano el mar se había llevado y que ahora éste devolvía convertidos en verdaderos cantos rodados, apenas indistinguibles de los elementos puramente naturales. Si —como hemos dicho— *monstruoso* no es más que «aquello que no está en su propia naturaleza», de modo espontáneo el mar reconstruía en esos objetos un bellísimo Frankenstein.

El trabajo en los hospitales es duro, se acostumbra a invertir muchas horas; en mi caso, cincuenta a la semana, de modo que durante aquella primera y última visita de mis padres a Deyá ellos pasaban buena parte del tiempo solos en casa, ubicada sobre un bancal y con una vista espléndida. Mi madre se sentaba bajo un almendro y mi padre bajo un olivo, los dos únicos árboles de la plataforma que constituía la terraza que antecedía a la entrada de la vivienda. Una noche, tras la cena, subimos a la sala, que estaba en la segunda planta. Le pregunté algo a mi padre, no recuerdo exactamente qué, y no me contestó, repetí la pregunta, continuó sin responderme; sólo al quinto intento pareció salir de su trance. Me quedé perplejo. Sentí aquella anécdota no como una premonición —naturalmente yo nada podía saber de su futura enfermedad once años más tarde—, pero sí creí estar viviendo una experiencia simulatoria, la reproducción en maqueta, de algo que era posible que algún día llegara. Meses más tarde, como parte integrante de un poema más amplio, recordando ese hecho escribí:

Un día comienzan
a dejar silencios cuando les hablas, renuncian
los padres a la tribu,
no vuelves a ser niño.

No todo allí fueron malas experiencias, algunas incluso resultaron extrañamente anecdóticas. Una noche, a los pocos días de mudarme al pueblo, y regresando por la montaña, solo, a las 2 de la madrugada, de una excursión en la que había empleado todo el día, veo una luz de linterna que se acerca. Cuando llega a mi altura, el portador de la luz me pregunta quién soy; respondo que quién lo pregunta y para qué. No hay respuesta. Repite su pregunta y agita la mano, momento en el que la linterna alumbra parcialmente su rostro, me sorprende el increíble parecido que guarda con Robert Graves, quien hasta su muerte en 1985 vivió en el pueblo. Deduzco entonces que es uno de sus hijos, Joan. Yo ya conocía a Tomás pero a este otro no lo había visto jamás. Me pregunta si yo soy quien ha comprado «la casa de Juanjo». Hago memoria del momento de la firma en el notario, y sí, recuerdo que el propietario a quien meses atrás le había comprado la casa se llamaba Juanjo. Me dice entonces que en mi casa han pasado cosas muy malas, y que todo el pueblo las conoce, pero que no me las puede contar. Entre intrigado y confundido, le pido que me las cuente, a lo que se niega varias veces, hasta que, sin más, comienza a relatar: «¿Sabes el árbol que hay en la terraza de tu casa, el almendro ese?». «Sí, claro.» «Pues en los años sesenta, el que vivía allí se ahorcó colgándose de la rama más gorda.» Me quedo en silencio, no sé qué decir. Él continúa: «Pero eso no es lo peor, ¿sabes el pozo, el aljibe de agua que hay bajo tu casa?». «Sí, claro, lo abro cada día, la portezuela de acceso está en la pared de la cocina.» «¡Sí, sí, ése mismo! Pues la esposa de aquel hombre se suicidó tirándose a ese aljibe, la encontraron días después allí, flotando. En Mallorca es costumbre que los suicidas lo hagan colgándose de árboles si son hombres, y tirándose a los aljibes si son mujeres.» «Vaya, gracias por la información, me has alegrado la noche», dije irónicamente mientras miraba hacia algún punto indeterminado de la oscuridad del bosque. «Pero en tu casa —continuó— también han pasado cosas buenas, todo el pueblo las conoce, pero no puedo contártelas, son comprometedoras.» «Venga, cuéntamelas, para compensarme por la mala historia anterior.» «Vale, mira, ¿no te has fijado en que

Juanjo, a quien le compraste la casa, se parece mucho a Juan Carlos?» «¿Quién es Juan Carlos?», interrumpí. «El Rey, hombre, el Rey, quién va a ser.» «Ah, vale.» «Bueno, pues la mujer de Juanjo era amante de Juan Carlos. Cuando Juanjo se iba de esa casa, entraba Juan Carlos, ¿lo entiendes?» Me quedo en silencio. Él grita: «¡En la misma cama en que cada noche tú duermes también dormía el Rey! ¿No lo entiendes?». «Sí, sí, lo he entendido perfectamente.» Y entonces esa voz sin apenas rostro dice tener prisa, asegura que debe llegar a su casa lo antes posible, que alguien le espera, y echa a andar monte arriba y su linterna desparece en la noche. Me quedé un rato pensando si aquel encuentro había sido real. Al llegar a mi casa, ya muy de madrugada, antes de meter la llave en la cerradura alcé la vista y observé durante unos segundos la rama más gruesa del almendro. Tampoco pude evitar abrir la portezuela del aljibe y, con una linterna, alumbrar el vacío de aquella profunda y preciosa vasija blanca de cinco metros de diámetro, en cuya agua nada vi que recordara a un cuerpo humano. Los días siguientes pregunté en el pueblo y algunos vecinos me confirmaron ambas historias; otros no confirmaron nada. Durante una temporada, cuando me acostaba, pensaba con simpatía en el Monarca, tumbado en mi misma cama, mirando la copa de aquel almendro que yo veía a través de la ventana, y también pensaba en un tipo que ante mis ojos se balanceaba en ese almendro, y en todo ello percibía un enloquecido orden, una disposición de cosas que las historias generan por sí mismas, y que por extravagantes que sean terminan por convertirse en regulares, casi familiares. El reino de la mitología.

En 2011 —lo he dicho— pasé el verano en un apartamento de la calle Hudson, Nueva York. Desde el diario *El País* me pidieron entonces un cuento breve que debía versar sobre «la primera vez»; entendí que se trataba de la primera vez de cualquier cosa. Les envié una versión reducida de esto:

> Lo bueno de las experiencias primeras es que, como el propio nombre indica, fundan una saga, una repetición, establecen el *ritornello* necesario para poder comprender un acontecimiento. El corazón repite el bombeo de la sangre, los pulmones repiten la inspiración y espiración; interpretamos todo acontecimiento a imagen y semejanza de esos básicos y repetitivos procesos. Pero hay más: el consuelo que proporciona un estribillo en una canción, la seguridad de que el sol saldrá cada día por el mismo lugar, o la creencia de que cuando mañana me mire al espejo mi rostro será el mismo, responden al deseo de una repetida seguridad. O el triunfo planetario de la música pop, que tiene su base en ese instintivo mecanismo del estribillo. Pero tam-

bién ocurre con la ciencia; buscar una ley natural no es sino intentar comprender la existencia de una repetición en lo que a diario nos rodea. Porque lo que no se repite cae dentro del ámbito del milagro, de la maravilla, y también de lo incomprensible, lo que no se repite nos produce una sensación de soledad cósmica. Por eso quienes creen haber visto un ovni entran en el círculo vicioso de lo sobrenatural, buscarán ovnis para siempre. No es que se hayan vuelto locos, sino que de pronto se sienten solos en el Universo, necesitan comprender lo visto, fundar una «primera vez», fundar algo que se repita.

Yo también vi uno de esos objetos voladores, fue en Galicia, tendría unos seis o siete años, era de noche, íbamos mi padre y yo por una carretera sin asfaltar. Yo perdía la vista en los árboles que dejábamos atrás cuando, sin más, él detuvo el SIMCA 1200 en la cuneta, señaló con el dedo un punto de la oscuridad del cielo y exclamó: «mira». Un objeto constituido por luz blanca se movió lentamente de izquierda a derecha, y en décimas de segundo cambió de trayectoria hacia la vertical, para desaparecer en una negritud que a mí me pareció remota. Mi padre dijo: «Es un ovni, un objeto volador no identificado y, además, dotado de un movimiento no balístico», definición que no entendí. Sólo al día siguiente le pedí una explicación de tal definición. «El *movimiento balístico* —dijo— es el natural de las cosas en el aire, ya sea una piedra o un balón, y la maniobra que esa luz hizo en el aire, claramente no era ni una piedra ni un balón. Por eso era un ovni, o al menos para nosotros dos fue un ovni.»

Días antes de escribirlo y enviarlo al periódico había ocurrido la ya referida experiencia que, vía Skype, me había proporcionado la visión de la noche cayendo a miles de kilómetros de mí sobre su despacho de La Coruña. Creo que en ese verano de 2011, en el que era evidente que a él se le iba la vida, yo ya sentía que más tarde o más temprano tendría que escribir acerca de ello. Comencé, así, a verle desde fuera, con menor implicación afectiva, distancia emocional que, por paradoja, me llevaba a implicarme incluso más en lo que habían sido su pasado y sus motivaciones vitales, hasta entonces ajenas a mis intereses. De pronto él era un ovni que durante cuarenta y cuatro años había descrito un tranquilo arco sobre mi cabeza, y ahora, efectuando una imprevista pirueta en su trayectoria —un movimiento no balístico—, en vez de fugarse hacia la oscuridad interestelar venía a caer en tierra para ser analizado con mi ojo de entomólogo. Una tarde, en la confluencia de la Sexta Avenida con la calle 12, en una papelera pública vi, nuevo y perfectamente empaquetado en su plástico transparente, un tomo de las Páginas Amarillas de Nueva York. Como ya hacía años que en cada ciudad que visitaba buscaba mi nombre en las guías telefónicas —incluso lo buscaba en las páginas amarillas—, estuve tentado de coger esa guía que la basura de Nueva York me regalaba, pero pasé de largo. Los días siguientes, en mi apartamento, vino a mi memoria una pieza de Malcolm Morley que siempre me había atraído, titulada *Los Angeles Yellow Pages*, en la que este artista nos presenta un tomo de las Páginas Amarillas de Los Ángeles, para luego afirmar a los espectadores que todos los nombres que aparecen en esa larguísima lista telefónica son, secretamente, aquellos que serán llamados el día del Juicio Final, cuando descienda la Jerusalén Celeste. No tuve dificultad en permutar Los Ángeles por Nueva York, ni tampoco en poner el nombre de mi padre allí dentro. Estaba claro que en ese momento el mecanismo de las sublimaciones metafóricas generadas por la idea de la muerte ya estaba en marcha en mi cabeza.

La idea de viajar a Gander, Terranova, tomó entonces definitivamente forma; ciertamente, no sabía para qué exactamente, pero debía ir a Gander. Supongo que se trataba del vano intento de dar vida a la experiencia que él había tenido en esa ciudad en 1967. Creo haberlo razonado así entonces: ya que yo no estoy a su lado para acompañarle en su enfermedad, por lo menos ensayar una clase de resurrección, poder regresar a la casa de mis padres con algún documento escrito, fotografías o por lo menos historias de aquel lugar canadiense que poder contarle y en las que él pudiera verse mínimamente reconocido. Relanzar el ovni que algún día él había sido. Paralelamente, uno de esos días, revolviendo en el revistero del apartamento, cayó en mis manos un artículo acerca de los siete últimos problemas matemáticos sin resolver, los así llamados *Siete Problemas del Milenio*. No profundizaré ahora en ellos, pero se trata de siete conjeturas o hipótesis matemáticas y físicas cuya demostración la comunidad científica considera capitales a fin de entender los cimientos teóricos del mundo tal como lo conocemos. Es tal su importancia que en el año 2000 el prestigioso Clay Mathematics Institute ofreció un premio de un millón de dólares a quien resolviera alguno de esos siete problemas. El artículo relataba cómo el año anterior el matemático ruso Grigori Perelman se había hecho mundialmente famoso cuando, tras resolver uno de los problemas —concretamente, la llamada «Conjetura de Poincaré»—, había rechazado el millón de dólares por considerar que tal clase de premios resultan mercantilistas y corrompen la pureza presupuesta en la matemática. Perelman, que vivía y aún vive con sus padres en una modesta vivienda de algún lugar de la antigua Unión Soviética, había empleado más de diez años en la resolución de la citada Conjetura de Poincaré solamente por ampliar lo que en la única entrevista que concedió denominó como la «intrínseca belleza de la matemática». La resolución del tal problema le hizo célebre entre la comunidad matemática, pero fue su rechazo al premio de un millón de dólares lo que le dio fama entre los no expertos, elevándolo a héroe popular. Así, tras la demostración de Perelman, de los Siete Problemas del Milenio sólo quedaban —y todavía quedan— seis, cuyos nombres, y como dato meramente informativo, consigno:

Conjetura de Hodge
La hipótesis de Riemann
P versus NP
Ecuaciones de Navier-Stokes en turbulencia
Conjetura de Birch y Swinnerton-Dyer
Existencia de Yang-Mills y el salto de masa

Una mañana, mientras echaba miradas al parque público que hay al otro lado de la calle, en el que como cada día un grupo de niños jugaba a ese juego incomprensible para todo europeo que es el *baseball*, anoté en un folio estos seis problemas, que pueden ser enunciados en breves ecuaciones, y los observé en su conjunto. En un principio los percibí como seis islas. En un segundo momento como archipiélago de seis islas, un sistema conectado de algún modo por un mar común. Eran esos seis enunciados una abstracción matemática, sí, pero en mi cabeza también dibujaban una cartografía sentimental. Me planteé entonces algo muy sencillo: hacer seis pegatinas, cada una de ellas con el enunciado matemático de cada problema para, en los siguientes años, pegarlas en seis lugares, aún por determinar, del Planeta. El proyecto era excitante por cuanto me permitiría relacionar múltiples planos, tanto terrestres y viajeros como simbólicos y científicos. Por primera vez en quince días me duché con verdaderas ganas de estar limpio y salí a la calle; aún no hacía demasiado calor, no serían más de las 10.00 am. Sabía que en la tienda Staples, junto a Union Square, estampan y hacen pegatinas de cualquier grafismo que desees. Tal como es mi costumbre, evité el metro en la medida de lo posible —el metro de Nueva York, con su mugre y sus ratas, ejemplariza de manera especialmente paradigmática mi aversión al concepto de *agujero*—, y una vez hube llegado a la tienda una dependienta me informó de que no era posible hacer tan sólo seis pegatinas, el mínimo eran doscientas, de lo contrario no salía rentable. Salí de Staples, no había caminado ni cien metros cuando decidí no perder tiempo, ¿por qué necesitaba que una empresa hiciera mis pegatinas? *Do it yourself*, me dije. En una papelería cercana a mi apartamento compré un lote de pegatinas en blanco, más o menos del tamaño de un billete de dólar, y dos rotuladores, negro y rojo, indelebles. Una vez me hube instalado en mi mesa de trabajo, confeccioné, a mano, las seis pegatinas. Éste era su aspecto. Por ejemplo, la hipótesis de Riemann:

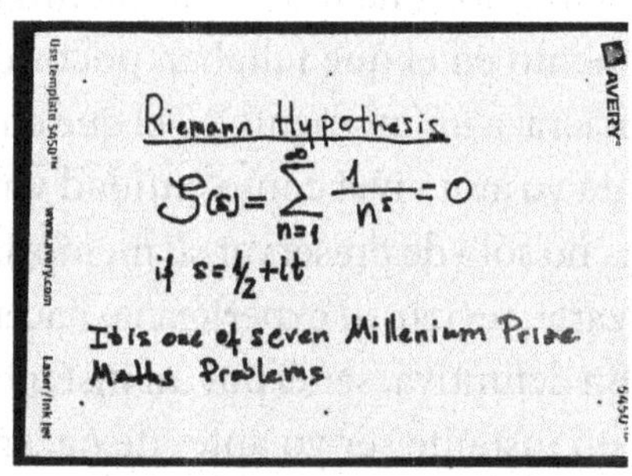

Coloqué todas ellas sobre la mesa de comedor y de pronto algo encajó: no sabía, es cierto, cómo podría desarrollar aquel proyecto vital, pero mi misión, al menos mi misión inmediata en Gander, no sería otra que alojarme en el mismo hotel y en la misma habitación en la que mi padre se había alojado —cuyo número conocía por el cuaderno de bitácora que el año anterior había encontrado—. Dormir en su cama, utilizar su lavabo, mirar el mismo techo que cuarenta y cuatro años atrás él había mirado, a través de la ventana observar la acera, las casas y el paisaje que él, mientras de madrugada revolvía un café con miel y pensaba en un vientre en el que yo estaba creciendo, había mirado, y dejar después pegada en algún lugar de esa habitación, oculta a la vista de futuros huéspedes y del servicio de limpieza, una de las seis pegatinas de los últimos Problemas del Milenio. Dejarla ahí para siempre. Porque claramente vi que mi particular Problema del Milenio era ése y no otro: el cerebro de mi padre se estaba olvidando de todo, se estaba olvidando de mí, y yo no estaba con él para certificarlo y acompañarlo. Viajar a un momento de 1967, a un momento en el que faltaban pocos días para que yo naciera, a un momento en el que en un agua de placenta yo aún vivía como entidad virtual, era una forma no sólo de preservar su memoria sino de materializarla, revivir su experiencia, hacerla carne y hueso. En definitiva, ser él por un instante, y también por un instante ser yo antes de nacer.

El día anterior a la partida con destino a Terranova, en la mesa de la cocina del apartamento de Nueva York, seleccioné la pegatina de la *Existencia de Yang-Mills y el salto de masa* como la obligada para ser pegada en el Albatros Motel de Gander. El motivo de elegir ese Problema del Milenio y no otro era que hace referencia a la misteriosa aparición de la masa en algunas partículas subatómicas, y, traducido metafóricamente a mis propósitos, hablaba de la aparición de la carne, de los cuerpos, del cuerpo de mi padre, que yo debía reconstruir yendo a Gander.

Alquilamos un Chrysler, lo más económico que dentro de la gama media encontramos. El plan era remontar la costa estadounidense, entrar en Canadá y llegar a la isla de Nueva Escocia, donde un ferri debía llevarnos a la isla de Terranova, para emplear después al menos dos días en llegar a Gander, situada ya cerca del polo. Un total de 2.400 kilómetros. Partimos muy de mañana por la carretera que bordea Manhattan y el río Hudson, y que antes de que te des cuenta ya te ha sacado de los bosques de rascacielos para introducirte en otros bosques, de dimensiones que no creerías. Las nubes, delgadas y alineadas, parecían el costillar de un animal desconocido. Los días se sucedieron sin sobresaltos. El año anterior yo ya había estado en Nueva Inglaterra y en Ithaca, invitado en las universidades de Brown y Cornell, pero nunca había recorrido la costa de Massachusetts y Maine, salpicada en aquella época del año de numerosas fiestas de la langosta, crustáceo increíblemente barato que constituyó casi nuestra dieta diaria. Obviamente no dejó de venirme a la memoria la crónica de David Foster Wallace «Hablemos de langostas», sátira del ambiente provinciano e hiperbólico de tales fiestas, que jalonan la costa. También había algo tétrico; no en vano, Nueva Inglaterra es la tierra de Stephen King. Pero incluso se me presentaba Agatha Christie en sus versiones americanas cuando, en cualquier panadería de una pequeña localidad en la que nos deteníamos a desayunar parecía, que de un momento a otro fuera a aparecer tras la puerta la Sra. Fletcher con un crimen en la mano y una tarta de zanahoria en la otra. Con intención de llegar a Gander lo antes posible rodamos el mayor número de millas por día que nuestras posibilidades físicas nos permitían, mientras esas anécdotas y otras del estilo iban entreteniendo el camino.

Supongo que los carteles SE VENDEN ARÁNDANOS SALVAJES, abundantes en las carreteras del estado de Maine, activaron en mi cabeza el recuerdo de la excursión con mi padre, en mi infancia, a Peña Cefera, y no me lo pensé. Detuve el coche en uno de los tenderetes ubicados en plena cuneta. Compramos una canasta. Nos la vendió una niña, de no más de ocho años, melena rubia muy despeinada, parecía directamente extraída de un retrato de la Gran Depresión. Usaba un vestido estampado con pájaros de una especie que no reconocí, pero que seguro que no eran canarios porque es ésa la única ave que reconozco, la distingo incluso en pintura. Cuando yo tenía siete años había fallecido la anciana del piso de abajo, que vivía sola, y en tanto sus familiares decidían de qué manera distribuir sus pertenencias, mi madre, que tenía llaves del piso de la anciana, me había encargado la compasiva tarea de ir cada día a dar de comer al canario, que la fallecida había cuidado en vida como si fuera un hijo. Nunca antes, ni acompañado ni solo, había entrado en la casa de un recién muerto, y todo estaba igual que en vida. Hasta entonces tenía la vaga idea de que, cuando alguien muere, las casas modifican inmediatamente su aspecto, su ambiente, pero el canario, cada vez que me oía introducir la llave en la puerta, cantaba como siempre, y los olores a comida en la cocina y a perfume barato del cuarto de baño se mantenían intactos. Alguna vez toqué los objetos de la anciana, las sartenes, las tazas. Incluso albergué la idea de sentarme en su sofá y encender la tele y ver algún programa que mis padres no me dejaban ver; no lo hice. Un día el canario se murió, yo mismo lo enterré en un descampado cercano a nuestra calle, y más o menos en esas fechas el olor de la casa cambió completamente. Hace pocos años pasé de nuevo por aquel barrio y, donde antes había un descampado al que íbamos a jugar, hoy hay un edificio pintado todo él en color amarillo canario. En efecto, conozco bien los canarios, motivo por el cual puedo afirmar que el vestido de la niña que nos vendió los arándanos no tenía dibujados canarios. Descalza sobre la gravilla de la cuneta, y con las uñas de los pies medio pintadas de rojo, su aspecto me pareció más salvaje que el de los arándanos de su canasta, a todas luces industrialmente cultivados por mucho que un cartel garabateado anunciara que provenían de un huerto doméstico. Niña y arándanos parecían llegar de épocas históricas distintas, reunidas en esa cuneta por obra y gracia de un viaje en el tiempo. Ello me hizo pensar por primera vez si realmente puede existir un objeto que de algún modo sea tecnológicamente superior a la persona que lo usa o a la empresa que lo comercializa, para llegar a la conclusión de que no es posible. Tecnología e identidad humana siempre son simultáneas, no sólo en el espacio sino en el tiempo. Todos somos contemporáneos de cuanto existe; no existen ni lo antiguo ni lo nuevo. Una mesa del siglo XV, un cráneo de un neandertal o las pirámides de Egipto son tan contemporáneas a nosotros como el más reciente destello de Inteligencia Artificial o el edificio que acaban de levantar en la esquina de tu calle. Lo antiguo no existe, se trata de un invento puesto en marcha por el mercado de la nostalgia. Si de verdad existieran cosas antiguas, lógicamente, ni tan siquiera podríamos verlas. El presente todo lo actualiza. Lo valioso de todas esas cosas que llamamos antiguas no radica en cantar o llorar su pérdida, sino en todo lo contrario: traerlas al hoy para ver cómo construyen nuestro presente. Digo esto para decir que lo mismo ocurre con los muertos, especialmente si son nuestros progenitores.

Estuvimos hablando con aquella niña, quien sonreía, un tipo de sonrisa que me sonaba haber visto en fotografías, sobre todo en las de cumpleaños de cuando era pequeño: un desorden de niños peinados con agua, ante una tarta, y uno de ellos que sopla seis velas. A veces, en la casa de mis padres, he mirado durante varios minutos esas fotografías de antiguos cumpleaños para llegar a la conclusión de que los niños sueñan todo el día, no le piden nada más al mundo, y esa colosal capacidad de ensoñación inhibe en ellos la necesidad de intelectualizar las cosas. La gente comienza a encontrar placer en las elaboraciones del intelecto cuando pierde aquel innato reflejo de infancia, pérdida que suele ocurrir en la adolescencia. Hay quien siendo adulto simula aquella capacidad de ensoñación por medio del sencillo método de fabricarse alguna clase de inocencia. Creo que ése es, precisamente, el caso del acto de escribir, una suerte de inocencia simulada. Antes de irnos, la niña nos pidió cuatro dólares por la canasta de arándanos. Le dimos cinco. Pero no le pagamos con un billete de cinco dólares, sino con cinco billetes de un dólar. Eso me hizo sentir mal. La esencia de la limosna no es dar dinero en bloque sino en unidades fraccionadas, como si dieras la suma de unos restos. El dinero entregado en bloque unitario nunca puede ser limosna; con independencia de la cantidad de la cual se trate, es un dinero que no ofende. Me consuela pensar que la niña carecía aún de la capacidad para distinguir qué es y qué no es limosna. Pusimos la canasta de arándanos sobre el asiento de atrás, junto a la tobera de aire acondicionado —los arándanos son frutas muy delicadas, se echan a perder enseguida—, arrancamos el coche y vi su vestido de pájaros inventados hacerse pequeño en el espejo retrovisor. Cada cierto tiempo cogía un puñado. Nada tenían que ver con los arándanos salvajes de Peña Cefera, pero estaban igualmente buenos. En las casi quinientas millas que mediaron entre aquella cuneta de Maine y la estación de servicio en la que al día siguiente nos detuvimos y tomamos los últimos arándanos, tuve la sensación de que cuidar de esos frutos era lo mismo que cuidar a la niña que nos los había vendido. En el recuerdo de pronto me pareció percibir que, a pesar de su corta edad, esa niña ya estaba empezando a dejar de soñar.

Fatigado por el ambiente calvinista y puritano de esa parte del país, al entrar en Canadá experimenté cierto alivio: las siempre incómodas millas se civilizan en kilómetros, y de pronto se respira un aire vagamente europeo.

Cuando miras un mapa de carreteras las distancias hacia la vertical del norte parecen más cortas que las horizontales. Creo que fue debido a eso por lo que calculamos mal los tiempos: cuando tras cuatro días llegamos al extremo más al norte de Nueva Escocia, donde deberíamos coger el citado ferri para pasar a Terranova, disponíamos únicamente de tres días para llegar a Gander y regresar a Nueva York. Imposible. Debíamos estar de regreso en Nueva York un día convenido, de lo contrario perderíamos el avión que tenía que devolvernos a España. Una mañana de cielo muy azul, sentados en la cafetería del puerto de North Sydney, con un de pronto inservible folleto de horarios y precios del ferri en la mano, vi hacerse un punto en el Atlántico Norte al barco que debería llevarme a Terranova. Esa noche nos alojamos en una casa victoriana reconvertida en hotel, regentada por una mujer que al conocer nuestro origen europeo sobreactuó un acento británico-francés. Por primera vez no cenamos langosta, sino alce. No sin emoción nos dijo que veraneaba cada año en Benidorm. Varias veces le aclaramos que Benidorm no está en Mallorca, pero le dio igual. Antes de acostarnos, salimos a dar una vuelta por el pueblo. Barracones de madera pintados con tonos pastel, tras cuyas ventanas se adivinaban familias, una playa que con la marea baja parecía un desierto de redes y moluscos, soplaba un viento helado. Miré a mis pies, los mismos tapones de botellas y trozos de corcho y peines rotos que años atrás había observado en Deyá, objetos humanos ahora mutados en cantos rodados y sin embargo totalmente diferentes a los cantos rodados. A lo lejos, sobre sus bicicletas, adolescentes bebían cerveza y rompían una botella contra las rocas. Regresamos al hotel. Me dormí pensando en lo cerca y al mismo tiempo lejos que siempre estamos no sólo de Gander sino de cualquier lugar. Tan lejos y tan cerca como el vidrio de una botella rota lo está de un canto rodado.

Durante los meses siguientes, en cada viaje de trabajo llevé conmigo las pegatinas de los Problemas del Milenio, a las que ya me había acostumbrado a llamar «islas», siempre atento a señales que me indicaran que ése y no otro era el lugar donde abandonar un trozo del archipiélago. Los motivos de esas señales involucran argumentos largos de explicar, que necesitarían otro libro y de otra naturaleza; baste simplemente con decir que una de esas islas la dejé adherida al reverso de uno de los cajones de un pequeño escritorio de la habitación 308 del hotel Formentor, Mallorca, en la que en su día se alojó Jorge Luis Borges. Otra la adherí a una cabina telefónica pública en el barrio de Wynwood, ciudad de Miami. Otra la pegué a la parte de atrás de un espejo de la habitación del St. Hotel Argel, ciudad de Argel. Otra quedó para siempre en una cocina para juegos de niños que había en la basura, en una acera de Brooklyn. Y otra en los bajos de un bus público de la ciudad de Shanghái.

Pero tenía que pegar aún la verdaderamente importante, la que no había podido dejar en el hotel de Terranova, la *Existencia de Yang-Mills y el salto de masa*. Comencé a plantearme seriamente comprar un billete de avión a Montreal, y desde allí, por algún medio, intentar de nuevo llegar a Gander.

Habitación 405, continuamos solos, a mi espalda el distribuidor de oxígeno no detiene su sonido de pecera. Se me aparece una ficción: una monja del siglo XV afirma: «llegará un día en el que los veranos y los inviernos no se distingan por los pétalos de las flores sino por sus raíces». Fin de la ficción. Entonces me giro. Él abre ligeramente los ojos. Los cierra de nuevo, algo ha cambiado en su cara; una migración regresa al hogar. En la pantalla de un monitor ubicado a su lado, una curva cuyo significado desconozco modifica la longitud y amplitud de sus pulsos y, a la par, se modifican unos dígitos. Entreabre de nuevo los párpados. Me acerco. Aprieto su mano. Le pregunto qué tal se encuentra y me responde con un «¡ay!». «¿Te duele?», le pregunto. Contesta que no, pero vuelve a repetir, «¡ay!». Le pregunto por qué dice «ay». Tras unos segundos de silencio, en los que no deja de mirarme a los ojos, me dice, «no lo sé», y es entonces cuando creo que me mira como si me viera por primera vez, como si no fuera él quien estuviera muriéndose sino yo quien en ese momento naciera, como si con absoluta paz —no con el estrés de, en 1967, cruzar el Atlántico— me viera en ese instante nacer. La vida escribe la ficción que nosotros jamás nos atreveremos a escribir.

Recordé entonces que años atrás, creo que en 2004, en un viaje a Londres, había visto una exposición retrospectiva de Bill Viola. Una de sus piezas reproducía en dos pantallas, simultáneamente, sendos vídeos de igual duración. El primer vídeo mostraba los primeros instantes de la cara de un recién nacido, el otro, la cara de un anciano en los momentos anteriores a su muerte. La repetida observación de ambas pantallas provocaba en el espectador la vertiginosa revelación de que las dos caras eran la misma cara, pero no porque fueran la misma persona en dos momentos diferentes de su vida, sino porque el rostro de los que nacen y de los que mueren es, esencialmente, el mismo rostro. Fue ésa una imagen que en los años siguientes me vino muchas veces a la memoria, siempre sin llegar a comprender qué quería decir, y que sólo entendería mucho tiempo después, en la habitación 405, cuando él me dijo, «no lo sé», para acto seguido mirarme como si me mirara por primera vez.

Y entonces abrió totalmente los párpados. Encendí el televisor. Bajé el volumen a cero para no molestar a los pacientes de las habitaciones colindantes. Permaneció durante casi una hora mirando imágenes de toda clase. Un enfermero abrió la puerta, empujaba un carrito con la bandeja de la comida. La dejó junto a la cama. Miré a mi padre, aún permanecía absorto en la pantalla, y le dije, «mira, al fin lo conseguiste, como Luis XIII, te traen la comida allí donde estés». Sonrió. Era un error del enfermero, su alimentación era exclusivamente a través de suero por gotero, pero a efectos nuestros daba igual. De nuevo solos, me senté en el sofá para visitas. Me vi pensando en que el conjunto de tubos, catéteres, máquinas y electrónica al que él estaba conectado constituía el *cuerpo abstracto* de mi padre, un cuerpo que no vemos pero que a todos nos acompaña para tarde o temprano y en algún lugar dar la cara. Dar la cara. El único cometido del tiempo. Ese cuerpo abstracto a veces se manifiesta en modo tecnológico-hospitalario (especie de Inteligencia Artificial cada vez más torpe, menos inteligente y más artificial) y otras veces lo hace en modo poético-religioso (qué son los últimos deseos de un vivo sino la maquinaria emocional con la que el moribundo lucha a fin de trascender a otro lugar). Iba a coger un libro de mi cartera cuando tras la puerta apareció mi madre. Traía un par de bolsas con revistas y algo de comida para el transcurso de la tarde. Me preguntó cómo había pasado él la mañana. Le contesté que bien, mientras la ayudaba a dejar las bolsas sobre la cama vacía. Después se sentó en el sofá, a mi lado. Suspiró antes de decir, «sólo espero que no se olvide de nosotros, que nos reconozca».

En ese momento mi madre aún no podría sospechar que en los meses siguientes, y una vez superada la fase crítica del hospital, la memoria de mi padre dispararía el imparable proceso de borrado que le llevaría a reconocerla sólo a ella. Tampoco podía sospechar que en ese año de autista vida regalada, él comenzaría a leer de manera minuciosa y a subrayar todo libro, revista o folleto promocional que cayera en sus manos. Cuando te detenías a inspeccionar los subrayados resultaba evidente que aquello no tenía sentido, pero bajo un segundo vistazo también podrías establecer un orden dentro de esa falta de lógica; uniendo aquellas frases, que tanto podían venir de un tríptico publicitario de buzón como de una revista de veterinaria, de una revista del corazón o de un libro de Historia, alcanzabas incluso a confeccionar lo que vagamente podemos llamar una trama. Se me cruzó la idea de que los afectados por tales enfermedades cognitivas en realidad no están enfermos, tan sólo aplican una razón distinta, que para nosotros pertenece al campo de la patología y que, como normópatas que somos, no tenemos en cuenta. Eran aquellas temblorosas líneas, que como cimientos sustentaban palabras, una especie de zapping de sus últimos días, una clasificación del mundo que inconscientemente asocié a mis propios referentes culturales, por ejemplo a la heterotopía de la que habló Foucault, o a la clasificación de las cosas del mundo por categorías aparentemente absurdas que aparece en el cuento «El idioma analítico de John Wilkins», de Borges. ¿Ridículas asociaciones las mías? Pienso que sí, la verdad. Cuando no entendemos algo intentamos llevarlo a nuestro entorno cultural, a sistemas de referencia que nos resulten conocidos, hallar orden en el ruido, encontrar una repetición, un ritmo. Con todo, lo cierto es que cuanto ocurría dentro de su cabeza era para mí un silencio cada vez más profundo y, paradójicamente, más ruidoso. Cuando dejó de subrayar periódicos y revistas también dejó de hablar y comenzó a escribir en todo papel que tuviera a su alcance. Pidió que le compraran una libreta, en la que llenó muchas páginas. Todas ellas hablaban, principalmente, de asuntos técnicos de veterinaria, que se repetían sin que llegáramos a comprender su sentido, y de reflexiones acerca de sus tres hijas y su hijo, como si antes de perder la memoria del todo quisiera pasar a limpio ciertos asuntos, decirnos que su cabeza nos abandonaba pero no sin antes haber cumplido algún deber que la vida le había asignado. Tal como yo lo interpreto, fue la importancia misma del lenguaje escrito lo que se puso de manifiesto entonces: la comprensión del mundo a través de la palabra escrita cuando la palabra hablada ya ha abandonado sus capacidades de construcción de la realidad. Hasta entonces siempre había pensado que el habla antecede a la escritura. Parece lógico. Los niños aprenden a hablar antes que a escribir, y llegada la degradación del cerebro, lo normal es, antes de perder el habla, perder capacidades técnicas como la escritura, que al fin y al cabo es un álgebra, una compleja combinatoria de signos. Pero no. Me gusta pensar esto como una persistencia de la complejidad del ser humano, un compromiso irrenunciable con lo único que al cabo somos: un texto, un texto complejo, un texto lleno de ruido y —como todo texto— absolutamente silencioso. Podemos ser leídos de muchas y variadas maneras, tantas como nosotros leemos la vida propia y la ajena.

El problema de dormir por la noches tomó entonces gran presencia en la vida familiar. No aguantaba más de dos horas seguidas en la cama. En una ocasión dijo que en la cama tenía miedo a morirse. Le entendí perfectamente porque, como ya creo haber dicho, desde siempre a mí también me sobrevenía ese miedo cuando me acostaba sin alguna idea que meditar, momento en el que parece que no sólo tu cerebro sino tú mismo estás vacío, eres nada, una carcasa tan perfectamente hueca que al día siguiente ya no te despertarás. Me resulta extraño pensar que sólo al final de su vida yo me percatase de todo lo que teníamos en común.

Comencé este texto diciendo, «tardas algún tiempo en darte cuenta de que la gente muere para hacerse imprescindible», admito que lo escribí un poco al tuntún, por comenzar de algún modo, sin tener mucha idea de qué protagonismo tomaría esa afirmación. Ahora lo sé. La imprescindibilidad del muerto radica en revelarte todo lo que de ti mismo no sabías. Cuando mi madre llegó a la habitación 405, tras dejar las bolsas sobre la cama y sentarse a mi lado en el sofá, me dijo:

—¿Sabías que tú naciste en esta clínica?

Sorprendido, contesté que no. Y si alguna vez lo había sabido, permanecía completamente olvidado. Continuó diciendo:

—Fue un parto difícil, no querías salir.

No dije nada. Miré al suelo. En ese instante y en ese lugar cobró pleno sentido mi nacimiento. Tan difícil es nacer como morir. La vida tiene vida propia.

DESPUÉS

En efecto, la Tierra es redonda pero en lo que se refiere a lo vivido, es plana. Tarde o temprano termina en una catarata, te caes.

Es entonces cuando la muerte, como un éter que lo impregnase todo, hace su aparición en una familia, se instala no como un hecho sino como un cuerpo que, tan presente como escurridizo, acompañará a sus miembros por esa Tierra que para ellos ya nunca será redonda. La familia que deja entrar tal aciaga presencia está perdida. La idea de la muerte y de lo que es su preámbulo, la enfermedad, los dominará en los más mínimos detalles, condicionará sus conversaciones, sus fiestas, sus reuniones, les impedirá crecer y atalayar el otro lado de la Tierra.

Tenemos la idea, quizá inducida por todo lo visto en el cine, de que ya sea por fallecimiento o simplemente por dejar de frecuentarlas, vemos por última vez vivas a las personas en una calle, en un bar, en torno a una mesa mientras comemos con ellas o en una cama de hospital, pero lo cierto es que la última visión que tenemos de alguien suele ser la de su silueta atravesando el marco de una puerta. He preguntado a mucha gente, he indagado en relación con este detalle y, en efecto, las puertas ganan a las camas y a las calles, a las mesas y a los bares, a los hospitales y los coches. La última vez que vi vivo a mi padre fue a principios de febrero de 2012. Había ido a visitarlo. Tengo grabada en la memoria su espalda cruzando con extrema lentitud la puerta del salón en dirección a su butaca en tanto yo, con la maleta en una mano y la otra mano alzada, le decía adiós desde la puerta de la calle. Un adiós que él no vio.

De su muerte me enteré estando en Ciudad de México. A las 9 de la mañana hora mexicana, mi entonces esposa se comunica conmigo a través de Skype, desde Mallorca, para decirme que mi padre está muy mal. Precisamente aquel día, 25 de febrero, y tras una semana en la ciudad atendiendo a la invitación del TEC de Monterrey para impartir conferencias en diferentes campus que tiene a lo largo del país, ya estaba previsto mi regreso; salida de Ciudad de México a las 9 de la noche hora local, destino Palma de Mallorca con escala en Madrid. Me dice entonces que cuando llegue a Madrid no vaya a Mallorca; ella estará esperándome en el aeropuerto de Madrid, para, desde allí, viajar conmigo a La Coruña. No hablamos mucho más. En ningún momento me dijo que él había muerto, pero cuando nos despedimos intuí que era obvio. No obstante, bajo la literaria idea de que aquello que no se verbaliza no existe, me instalé en la incógnita; decidí que la fabricación de ese interrogante me ayudaría a sobrellevar las doce horas que tenía por delante en esa ciudad de veintidós millones de habitantes, extraña para mí, así como las otras doce horas de vuelo que en soledad me esperaban hasta aterrizar en Madrid.

Para esa última mañana tenía programada una cita con el escritor Mario Bellatin, que no quise anular. Lo cierto es que ni tan siquiera pensé si debía anularla, no tenía la cabeza para tomar decisiones de esa clase. Me dejé llevar, bajé a desayunar. Esa misma noche había tenido un sueño especialmente perturbador. Se trataba de lo siguiente: estoy en mi casa, en Mallorca, es de día y hace sol. Ante mí, veo a mi padre sentado en una silla de ruedas. En ese momento, en el televisor, que en el sueño está encendido, hay un programa de literatura; hablan de un libro que ni en el sueño ni fuera del sueño conozco. Me acerco a mi padre, quien en silencio continúa en la silla de ruedas y tiene las manos juntas, sobre sus piernas. Me percato de que no mira la tele, tampoco me mira a mí, sino a la pared que yo tengo a mi espalda. Tan sólo una pared. Aquí termina el sueño, que recordé de pronto, en mitad del desayuno en el hotel La Casona, situado en una concurrida calle de la Colonia Roma, Ciudad de México. De vuelta en la habitación, me interrogué por ese sueño. No sabía si habría tenido lugar horas antes u horas después de su muerte. ¿O al mismo tiempo? Después mi cabeza se puso a trabajar obsesivamente en intentar comprobar si, aun no siendo coincidentes en el tiempo mi sueño y su muerte, estos dos hechos podrían haberse producido a la vez teniendo en cuenta el cambio horario entre continentes. En momentos así la mente genera tal clase de pensamientos absurdos.

Cuando Mario Bellatin llegó yo ya estaba en el *hall*, mi maleta guardada en la cámara que el hotel tiene a tal efecto. Él traía una bicicleta, un prototipo que alguien había recién construido para él; de color rosa, piñón fijo y apariencia antigua. Me propuso pasear. Atravesamos dos rotondas con dos fuentes en su centro, que me parecieron la misma. Él empujaba la bicicleta y me iba mostrando detalles de la ciudad; por un momento me pareció que éramos los dos personajes del cuento «Parábola del palacio», de Borges, donde en un paseo, y a fin de mostrar las maravillas de un lejano reino, el uno habla en la misma medida en que el otro enmudece. Me detuve sin más, le dije que creía que mi padre acababa de fallecer, pero que no estaba seguro, y que si de pronto me encontraba mal supiera que ése era el motivo. Mario propuso caminar hasta su casa. En aquellos años yo siempre llevaba una pequeña cámara de iPod en el bolsillo. En tanto Mario me aguardaba en una esquina me detuve a filmar a unos operarios que levantaban una calle. Con gran claridad aprecié los estratos de asfalto, la capa granular, la piedra y las variadas tierras que a su vez se subdividían en otras de diferentes texturas y humedades, y abajo del todo la confusión de tubos, cañerías y diferentes conducciones que bajo tierra conectan la ciudad. Como ocurre con los cuerpos en los hospitales, me dije: arriba se halla la luz, la luz de la *ciudad figurativa*, la ciudad que vemos, y abajo, en la oscuridad, yace la *ciudad abstracta*. Fue en el transcurso de esa filmación cuando por primera vez pensé algo que ya en otras páginas he apuntado: la muerte de un ser querido genera de inmediato una resurrección dentro de ti, alguien que, más vivo que el muerto, te acompañará para siempre. Puede decirse entonces que la contemplación de la muerte es el más antiguo, universal, espontáneo y legítimo manual de autoayuda. Terminé de filmar. Mario, a salvo del sol, bajo un toldo rojo, a la velocidad del rayo tecleaba mensajes en su teléfono; tiempo después sabría que lo que en realidad hacía era escribir un libro.

Al llegar a su casa nos saludaron unos perros. Descorrió las persianas y su estudio, de aspecto de taller de artista plástico, se infusionó de luz. Sobre la mesa, larga y corrida, se acumulaban multitud de objetos. Me preguntó por mi pequeña cámara de vídeo y estuvimos grabándonos y después haciendo chistes al montar los vídeos en su ordenador. Él ponía voces de escritor serio y antiguo. Nos reímos. Me fijé en una fotografía que, enmarcada en un portafotos extrañamente litúrgico, mostraba en blanco y negro una gran columna de aspecto ritualista, clavada en mitad de un campo, junto a lo que parecía ser un almacén agrícola. Le interrogué por ella, y me reveló algo sorprendente: era la columna que Buñuel había usado en *Simón del desierto*, arrumbada hoy en las afueras de Ciudad de México, cerca de un vertedero. Un chófer la había encontrado, noticia que había llegado a oídos de la fotógrafa Graciela Iturbide, quien a su vez había hecho esa fotografía para después regalársela a Mario. Poca gente sabía en aquel momento las coordenadas exactas de la mítica columna. Siendo esa película una mis favoritas, no pude reprimirme; extraje mi cámara y le hice una fotografía.

Mario me dijo entonces, «toma, te la regalo». La acepté con emoción.

Se ausentó unos minutos para ir a buscar dos limonadas a un puesto de venta ambulante cercano a su casa, junto al mercado de abastos. Entretanto, curioseé sus libros, DVDs y toda clase de objetos a la vista. También había una pila de libretas tipo Moleskine. A su regreso le pregunté cómo era posible que le gustaran tanto esas libretas. Una vez me regalaron una y me pareció incomodísimo escribir en ella, le dije. Pasamos la mañana haciendo vídeos, charlando de perros, de México y del cine de Buñuel. Yo le había llevado un DVD con las diez pequeñas películas que había hecho para mi libro *El hacedor (de Borges), remake*, y él, no sé si en compensación o porque sí, me regaló un documental acerca de la vida de E. Cioran, grabación pirata que había comprado en el mercadillo de al lado de su casa, junto al tenderete de limonadas. «Llévatelo, hay muchos más, Foucault, Deleuze o Žižek, todos los pensadores occidentales están a la vuelta de la esquina, en una manta sobre el suelo.» Dadas las evidentes líneas de cruce entre sus novelas y las mías, comentamos la posibilidad de hacer algo juntos, algún proyecto por escrito o filmado; quedamos en madurar la idea. Estuve allí un rato más, comimos, yo muy poca cosa. No dejaba de pensar en que si asumía el fallecimiento de mi padre, la angustia me impediría afrontar en soledad el largo viaje de vuelta a España.

Horas más tarde, a pie y con la fotografía de la columna de *Simón del desierto* bajo el brazo emprendí el regreso al hotel. Recordé entonces que en el bolsillo de la chaqueta tenía el último Problema de Milenio, aquel que me faltaba por adherir en algún lugar del Planeta, la pegatina que había reservado para la habitación del hotel de Gander, al que nunca había podido llegar y al que probablemente ya nunca llegaría. Me detuve en seco. Un enjambre de tráfico rodado, autobuses colectivos al límite de su capacidad, voces de viandantes que se cruzan como en un templo en el que alguien hubiera desordenado cánticos y rezos, y pensé, «éste es el lugar». La extraje del bolsillo, la pegué al primer poste telefónico que vi, hice una fotografía y me fui sin mirar atrás.

Cuando un par de horas más tarde llegó el chófer que me habría de llevar al aeropuerto, yo ya estaba en el *hall* del hotel. Metí la maleta atrás. En tanto rodábamos se fue haciendo de noche; no distinguía las señales que indicaban la dirección del aeropuerto. En mis repetidos viajes a México me habían contado historias de viajeros que son raptados por falsos chóferes, y esto unido a que días atrás me había olvidado en el asiento trasero de otro coche la detallada agenda que la universidad y mi editorial me habían preparado con citas, horarios, nombres de contactos y teléfonos para todos aquellos días, despertó en mí el pánico de verme muy pronto maniatado en el maletero. Cuando llegamos al aeropuerto, fruto del alivio, le di al chófer de propina el primer fajo de pesos mexicanos que extraje del bolsillo.

Las doce horas de viaje a Madrid pasaron relativamente rápidas. En los vuelos nocturnos transoceánicos hay un momento en el que bajan la intensidad de la iluminación, la gente duerme y sólo oyes los cuchicheos del personal de vuelo, oculto tras una cortina casi siempre roja o azul. Las pequeñas luces de cabina, con esa baja intensidad que las hace pasar por velas en llama, crean un ambiente de templo o iglesia. Ante mi imposibilidad para dormir en los vuelos, son ésos los momentos en los que aprovecho para trabajar o, en vano, intentar dejar la mente en blanco. Encendí el ordenador, me puse los auriculares e introduje el DVD de la vida y obra de Cioran que horas atrás me había dado Mario, pero no dejaba de pensar en la fotografía de la columna de *Simón del desierto*, guardada en mi maleta, en la bodega del avión, a bajísima temperatura y junto a otros cientos de maletas que contendrían otros cientos de fotografías, también heladas y fuera del orden medioambiental que le es natural al calor humano. En un momento dado, desde la pantalla, Cioran dice: «Entonces, es verdad que sólo el monstruo puede ver las cosas tal como son, porque sólo el monstruo está fuera de la humanidad».

Aterricé en Madrid a las 9 de la mañana. No había demasiado tiempo para el enlace. Comenzaron a llegarme mensajes de amigos dándome el pésame; me negaba a otorgarles la categoría de certeza. Me senté a esperar a que mi esposa llegara en su vuelo de Palma de Mallorca. La vi a lo lejos. Cuando se acercó, bajó la mirada en confirmación de que lo peor había sucedido. En los vuelos a ciudades pequeñas es habitual coincidir con gente que conoces de vista, personas que hace años que no te encuentras, y con las que cruzas una mirada y ya está. Vi a dos antiguos alumnos de mi colegio, mayores que yo y con los que nunca había ni he hablado; me parecieron zombis, zombis que regresaban de mi infancia para escoltarme en ese tramo final del viaje a La Coruña. Una hora más tarde el comandante dio la voz de aproximación. Miré por la ventanilla, reconocí las colinas que dan blindaje natural a la ciudad, y el embalse de agua de Cecebre, el río donde en 1973 yo había acampado con mis hermanas y sus amigos. Y vuelve entonces un avión que, mientras pescas unas ranas que no comerás, perdido entre la niebla da vueltas sobre tu cabeza antes de precipitarse al vacío.

El vacío. Algo que de pronto me resulta difícilmente soportable es el recuerdo del ataúd penetrando lentamente en el tubo incinerador, imaginar el cuerpo de mi padre en llamas. Entiendo que cuando alguien muy cercano muere necesitamos limpiar cuanto antes la casa, abrir ventanas, pintar paredes, regalar su ropa, eliminar todo rastro de la materia que el difunto o la difunta fue hasta quedarnos con un número mínimo de objetos, un mínimo común denominador de enseres que pronto serán las definitivas mercancías afectivas para un futuro. Supongo que la incineración pertenece a ese mecanismo de limpieza en su forma más radical. Ello no impide que visto desde hoy se me aparezca como una práctica simbólica y materialmente violentísima, diría que incivilizada. A quién se le ocurre quemar un cuerpo humano, aplicarle la misma solución que a un animal susceptible de propagar una epidemia. Pero lo cierto es que los muertos claro que propagan una epidemia, la llamamos «recuerdo»; el duelo se asume pero nunca se acaba.

El funeral, celebrado en la iglesia de San Pablo, al lado de nuestra casa, en nada se diferenció de otros a los que había acudido. De pie, en la primera fila, pensé que los rituales de muerte, lejos de singularizarnos, aspiran a igualarnos. La soledad que de pronto invade a la familia resulta presuntamente paliada por un mensaje de universal unión que el rito intenta transmitirnos: el fallecido no sólo está ya acompañado por el resto de los muertos que tenemos a nuestras espaldas, sino que el cuerpo muerto es igual que todos ellos. Es algo que niega la individualidad del recién desaparecido. Al mismo tiempo, los dos sacerdotes oficiantes, quienes con toda probabilidad era la primera vez que oían hablar de mi padre, lo trataban de tú, hablaban de él como de un hombre al que hubieran conocido desde siempre. Tal contradicción entre la uniformización que del muerto propicia el rito, y el trato personalizado por parte de los sacerdotes, me pareció una clase de perversión no ajena a los mecanismos de seducción de mercado usados por entidades financieras en sus intentos de vender un producto, o a esa cordial despersonificación que de sus soldados llevan a cabo los ejércitos, sólo condecorados individualmente en caso de caer en combate. Especie de sadismo que, a fin de establecer una viciada relación de dependencia, a su antojo te da y te quita toda clase de cosas. Quizá fue por eso por lo que me abstraje del discurso de los curas para fijar la vista en el suelo, en la tarima sobre la que se asentaba el altar, tarima que era una gran losa de granito marrón, totalmente familiar para mí pues era exactamente el mismo material y modelo —granito Tan Brown— del que está hecha la encimera de la cocina de la casa de mis padres. Tal coincidencia me perturbó. Recordé que pocos meses atrás, una noche, estando yo en su casa, a pesar de mis intentos para mantenerme despierto, me dormí. Horas después, un ruido me despertó. Creí que era mi madre, mujer naturalmente insomne. Me levanté, atravesé el pasillo, vi luz bajo la puerta de la cocina, entré y lo encontré a él de pie, frente a la encimera de granito marrón, con un cuchillo en la mano, una pila de manzanas a su derecha y un montón de mondas de manzana a su izquierda. Le pregunté qué hacía y no respondió. Le pregunté si tenía hambre, continuó sin responder; sólo tras varios intentos enunció un rotundo «no», y siguió comiendo manzanas. Quizá fuera ésa el *hambre teórica* a la que meses atrás, mientras tomábamos chocolate con churros, se había referido. La contradicción que algunos cuerpos experimentan ante la ausencia de hambre y la necesidad teórica, dictada por la razón biológica, de acumular reservas y nutrientes para un futuro. Contradicción que de paso nos informa de que para determinadas mentes cualquier estructura teórica nada vale por sí misma si no viene acompañada de una acción; una vez más la fe en el progreso material, en lo moderno. Pasados unos minutos le tomé del brazo para llevarle a la cama. En tanto avanzábamos por el pasillo, musitó, «ya nadie se llamará como yo».

Finaliza el funeral. Una fila de amigos y conocidos nos da el pésame. Y ocurre una segunda perturbación: las caras de la gente de mi familia, deshechas por el lloro, de pronto se parecen extraordinariamente a la de mi padre, mucho más de lo habitual, como si en tales momentos de lágrimas los genes del progenitor, antes ocultos, emergieran a la superficie del rostro para manifestarse, para dar a entender que el fallecido está presente no sólo en el recuerdo sino en la carne, en la mismísima materia de sus descendientes. En diferentes capas el difunto continúa desplegándose ante nuestros ojos; lo que fue su rostro es ahora una materia, una masa, que se niega a irse para siempre. Al salir de la iglesia observé en mi teléfono móvil la imagen de la pegatina que apenas veinticuatro horas atrás había dejado en un poste telefónico de Ciudad de México, *Existencia de Yang-Mills y el salto de masa*. Creí comprender el valor de la súbita aparición de esa *masa*, de ese rostro del muerto que de pronto emerge —*salta*— en los rostros de los vivos.

Serían las 9 de la noche cuando llegamos a nuestra casa. Mi madre se sentó en el salón, de donde ya no se levantaría hasta horas después, para ir a acostarse. Yo ni había tenido tiempo de deshacer la maleta; aproveché ese momento. En tanto sacaba la ropa, mis cuñados me preguntaron qué era esa foto que en tan singular marco había traído desde México. Les dije que era la columna de *Simón del desierto*. Por la cara que pusieron creo que no se lo creyeron, o que les pareció una historia demasiado estrambótica como para ser pensada en aquel momento. Yo aún no había preguntado por los detalles de su muerte; espontáneamente me dijeron que había sido algo muy rápido, en la cama y sin aparente dolor. Eso siempre se dice. Tras la cena estuvimos comentando anécdotas suyas. Al acercarse la Navidad disfrutaba recopilando recetas de libros, que después combinaba para crear algún plato de su inventiva. Siempre era igual: a mediados de diciembre se metía en la cocina, en la que, como en esas caricaturas de tebeo, se pasaba horas haciendo pruebas. Llegado el día de Nochebuena, junto con mi madre y mis hermanas preparaba el menú elegido. También recordamos su obsesión por la fibra alimentaria, al punto de fabricarse él, en nuestra casa, sus propios cereales de desayuno en función de mezclas de distintas materias, que tostaba en el horno y que a mí me parecía comida para caballos; una vez me dijo que esa similitud no sólo era casi cierta sino que no le incomodaba nada. Un día apareció en casa con, literalmente, una furgoneta llena de barras de queso que a precio de saldo había comprado a la fábrica Leyma: aunque estaban en perfecto estado, habían caducado pocos días atrás. En general, las fechas de caducidad no iban con él, se burlaba continuamente de ellas. Naturalmente, hubo que regalar barras de queso a amigos, vecinos y familiares; maldije durante varios meses la hora de la merienda. Como una muerte atrae caprichosamente a otras, mi hermana mediana contó la anécdota de que había sido yo quien les había dado la noticia de la muerte de John Lennon, en diciembre de 1980. Llegué del colegio, por la tarde, y dije que la radio del bus había anunciado el asesinato. Ella había puesto entonces el televisor y ya había un programa especial del músico de Liverpool. Se quedaría ella entonces toda la noche con los ojos pegados a la pantalla. Cuando terminó de contar la anécdota de Lennon, se levantó a preparar café, y la pequeña de mis hermanas aprovechó entonces para decir que, cuando era pequeño, yo siempre llevaba las primicias a casa, por ejemplo, un año después, en 1981, regresaba también del colegio cuando la radio del bus anunció que un número indeterminado de guardias civiles a punta de pistola habían entrado en el Congreso de los Diputados. Cuando minutos más tarde llegaba a casa y lo contaba, por extrañas coincidencias aún nadie lo sabía. En esas fechas mi padre se encontraba en Madrid, donde había sido llamado a un curso de perfeccionamiento en técnicas de inspección sanitaria de mataderos, desarrollado en la Escuela Nacional de Sanidad. Recuerdo que no tardó en telefonear. Le dijo a mi madre que en las calles todo estaba tranquilo y —me contaría luego— tuvo la seguridad de que el entonces Rey saldría dando la orden de restablecer el orden constitucional. Con la infundada perspectiva de que al día siguiente no habría colegio, en vez hacer los deberes había bajado a la calle, donde con más amigos fuimos a un local cercano a jugar a los marcianitos. Llegó un muchacho de nuestra edad, al que conocíamos de vista; dijo que el padre era militar y que pronto veríamos qué iba a pasar. Nada vimos.

En tanto recordábamos estas anécdotas, oímos a mi madre que, desde su butaca del salón, nos decía que se iba a acostar. Nos levantamos todos, como si fuera necesario, y la acompañamos a la cama. Después regresamos a la cocina y, no recuerdo quién, creo que fue mi hermana mayor, contó algo que debido a mi corta edad, quizá cuatro años, yo tenía desdibujado. Eran unas Navidades en las que habíamos viajado, en coche, a Ponferrada, ciudad donde en aquellas fechas mi tía, hermana de mi padre, y su marido tenían en el Hospital General sus plazas de ginecóloga y traumatólogo. Tras el día de Navidad, bajo copos de nieve habíamos emprendido el regreso a La Coruña y, en el puerto de Piedrafita, separación natural entre León y Galicia, nos había parado la Guardia Civil. No llevábamos cadenas; dijeron que no podíamos pasar. La carretera del difícil puerto de montaña era en aquellos años una sinuosa lengua de asfalto encajonada entre precipicios, tan estrecha que incluso en condiciones óptimas dos camiones encontrados tenían dificultades para pasar. Mi padre discutió con el guardia civil, le dijo que aquello no era más que un palmo de nieve. El cabo se alejó unos metros para efectuar una llamada por radio, finalmente nos dejaron continuar, lo que nos convertía en el único coche en tránsito. Hasta llegar al alto de Piedrafita todo fue bien, pero en el descenso tengo el recuerdo del coche patinando en cada curva, mi madre gritando y mi padre, sin mostrar demasiada afectación, manejando el volante con movimientos nada habituales. Del balcón de una casa que, aislada, se hallaba al borde de la carretera, cayó entonces un balón, que rebotó en la nieve y se perdió por la otra cuneta; lo estoy viendo, a cámara lenta, precipitarse valle abajo. Esa imagen se me borraría pero de manera espontánea volvería vívidamente muchos años después a través de los cuadros de De Chirico, en los que los objetos parecen estar ralentizados, como salidos de un sueño, así como aparecería en ciertas imágenes del poemario *Yo siempre regreso a los pezones y al punto 7 del Tractatus*. Mi hermana siguió contando que llegados por fin al valle nos detuvimos en una explanada. El cielo se había cubierto de una oscura capa que no diferenciaba nubes de claros. A pocos metros vimos una ermita. Nos pusimos los guantes, los abrigos, y por estirar las piernas caminamos hasta la edificación. En tanto mis padres y hermanas recorrían el perímetro del templo yo me quedé en la entrada, era la primera vez que mis manos tocaban la nieve. La nieve cae, se posa en las cosas del mundo y vuelve a dibujar la silueta del mundo, la nieve es una magnífica redundancia.

Hice una pequeña bola. Minutos más tarde me empeñaría en llevármela a casa. Los intentos de mi madre por sacarme esa idea de la cabeza no dieron resultado. Mi padre, en una de sus típicas enseñanzas aplicando el directísimo método de decepción de la realidad, dijo, «está bien, pues que se lleve la nieve». Me contaron que lloré mucho cuando minutos más tarde, en el coche, entre mis manos sólo quedaba agua. Toda redundancia, en efecto, tarde o temprano desaparece.

Al día siguiente del funeral, en el transcurso del desayuno, acordamos que el entierro de las cenizas lo haríamos más adelante, cuando llegara el buen tiempo y toda la familia pudiéramos viajar al pueblo del Valle Gordo, en León, donde se halla la tumba de los antepasados. Entretanto, la urna de cenizas la tendría mi hermana mayor, en su casa. Desde el punto de vista de mi trabajo, tal demora me venía bien, ya que hasta julio me quedaban multitud de viajes, casi a razón de uno por semana, algunos de ellos internacionales. Al día siguiente del funeral tenía concertada una entrevista en Radio Nacional. Pocos días antes, bajo el nombre de Frida Laponia, Juan Feliu y yo habíamos editado un disco, y el programa *Asuntos Propios* tuvo desde el principio interés en hablar con nosotros acerca del proyecto musical. Juan se encontraba de viaje en Jerusalén, de modo que, en un telefónico triángulo de vértices Jerusalén-Madrid-La Coruña, estuvimos charlando con Toni Garrido y Tom Kallene, director y colaborador del programa, respectivamente. Juan contó que en compañía de su mujer, Pascale Saravelli, había ido a Jerusalén a grabar sonidos para el próximo disco, y que yo había hecho lo propio en Ciudad de México. Una de nuestras obsesiones era el reciclado de sonidos extraídos de ámbitos no estrictamente musicales. Cuando, tras el encuentro radiofónico, regresé a casa de mis padres, mi madre me preguntó de dónde venía. Le conté que de una entrevista. Le contrarió que no le hubiera dicho nada, «la hubiera oído», dijo.

La actividad no cesaba. Pocos días después tenía un compromiso en Madrid, que no quise anular. Se trataba de una mesa redonda, en la sede del Instituto Cervantes, por causa de la exposición retrospectiva dedicada al dibujante Max, residente también en Mallorca, y a quien hacía años que conocía. No tengo apenas lazos con el mundo del cómic, pero supongo que la invitación venía del hecho de que el año anterior Pere Joan, dibujante de extraordinario talento, había dibujado, adaptado y editado la novela gráfica de mi novela *Nocilla Experience*. Sea como fuere, en un coche, dos días después del funeral, mi entonces esposa y yo partimos hacia Madrid. Hacía sol; tras la tensión de aquellos días, conducir a través de los montes galaicos y atravesar luego la llanura castellana se convirtió en una experiencia reconfortante. En un momento dado vi a lo lejos la ermita de cuyo descampado, en 1972, yo había querido llevarme una bola de nieve; pasó como quien a 120 kilómetros por hora deja atrás un recuerdo que ya es un sueño.

A primera hora de la tarde estábamos en Madrid. La mesa redonda discurrió por los cauces esperados. Tras ella, junto con algunos asistentes fuimos a tomar algo en las inmediaciones del Instituto Cervantes; nos sorprendió lo raros que son los comiqueros cuando se alimentan. No había uno que lo hiciera según los modos comúnmente establecidos; empezaban a comer los bocadillos por los laterales en vez de por los extremos, pedían los postres antes del primer plato, y cosas así. Al día siguiente, para tomarnos con calma el regreso, partimos temprano. Paramos en Ávila a recoger una cría de gato, hembra, que habíamos apalabrado con una chica que la ofrecía en la Red. Bajo los soportales de una plaza que olía al granito cuando es golpeado por el sol, una joven china nos dio una caja de cartón Adidas, agujereada con la punta de un bolígrafo que decía Caja Rural y que la joven aún portaba en la mano. En su interior dormitaba una bola de pelo color gris ceniza y ojos ámbar. A la salida de la ciudad, paramos en un supermercado que encontramos, compramos arena de gato, leche y pienso para crías. En honor al disco que Juan y yo acabábamos de editar, decidimos llamarla Frida. Continuamos viaje y no tardó en cruzárseme la disparatada idea de ir a buscar la casa de la familia Panero, en Castrillo de las Piedras, cerca de Astorga. Había visto multitud de veces las películas *El desencan-*

to y *Después de tantos años*, reconstrucciones de la saga familiar Panero, casi diría que conocía ambas películas fotograma a fotograma, y la casa siempre había constituido para mí una incógnita. Nos detuvimos en un bar de carretera, comimos algo ligero y allí consultamos los mapas y las informaciones que aparecen en la Red. No tardamos en tener más o menos claro el camino. Tres horas más tarde, tras desviarnos de la autovía A6, llegábamos a una zona de naves industriales que inmediatamente desembocaba en una planicie netamente rural, y no más de veinte casas antecedidas por el letrero CASTRILLO DE LAS PIEDRAS. Atravesamos el pueblo, no vimos a nadie. Ni una tienda ni un bar donde preguntar, las persianas cerradas y ni rastro de la casa de los Panero, que, por las películas, sabíamos que constaba de dos voluminosos cuerpos principales y un palomar; por fuerza debería hacerse visible desde cualquier punto del pueblo. Sólo cuando, desanimados, giramos para regresar a la carretera general vimos a una mujer, mayor, que ayudada por un joven descargaba bolsas de supermercado del maletero de un coche. Detuve el nuestro a su lado, le pregunté por la casa de los Panero, me dijo que estaba en la entrada del pueblo, que habíamos pasado por delante. Se aproximó entonces el joven, tatuado de pies a cabeza, pelo en cresta, chaleco vaquero cubierto de esvásticas y manifiestamente obeso, y enunció un críptico «Id, ahí lo han arrasado todo». Regresamos a la entrada del pueblo y, ahora sí, identificamos lo que parecía haber sido la entrada de la finca. Recorrimos un camino, directo, de tierra, hasta su término. Apagué el motor. Tan sólo una explanada. De la casa no quedaba nada. Como si, literalmente, la hubieran segado. Superficies embaldosadas de un pasillo, aún solidarias al suelo, y vestigios de los muros de las dos casas, pero todo ello a ras de tierra. Más bien parecía un mapa a escala real de lo que allí había habido, una radiografía que del subsuelo hubiera emergido a la superficie. El palomar, un montículo de tierra y piedras indiferenciadas. Un trozo de un váter, baldosas adheridas a cemento, poco más. En mitad de aquella espectrografía alguien había clavado dos bancos de cemento, nuevos, y una papelera, lo que le daba el perturbador y absurdo aire de un irreal jardín público; también ahí vinieron a mi cabeza las pinturas de De Chirico. Abrimos la caja Adidas y emergió la cabeza de Frida, quien tras unos segundos de pánico escénico, y hasta que no abandonáramos el lugar, no pararía de correr, dar saltos acrobáticos y pelearse con los vestigios de los Panero. Entretanto, hice fotografías y tomé registro en vídeo de aquellos rastros; días más tarde subiría todo ese material a mi blog. Durante el tiempo que estuve tomando datos, fotos y medidas de los perímetros en aquel desierto, no dejó de aparecérseme la imagen de la columna de *Simón del desierto*. El día continuaba soleado pero ya iba cayendo la tarde. En algún lugar cercano comenzaron a sonar sierras mecánicas acompañadas de ruido de caída de árboles. Emprendimos el regreso. Cuando llegamos a La Coruña, mi madre, históricamente contraria a tener animales en su piso, se llevó una alegría al ver asomar, de la pequeña caja, la cabeza de Frida.

La prueba irrefutable de que los sueños son cuerpos vivos es que, cuando te despiertas, se van, se escapan, huyen de nosotros para instalarse en una tierra suya, jamás volvemos a verlos. No obstante, algunos son tan vívidos que de ellos retenemos una gran cantidad de detalles. Una vez hube regresado a Mallorca, al principio no me di cuenta o lo olvidé, pero tras una semana en casa recordé el sueño que en Ciudad de México había tenido, aquel en el que mi padre aparecía en silla de ruedas y miraba fijamente una pared. De inmediato fui a mirar esa pared. Me senté frente a ella, exactamente en la posición en la que yo le había visto a él. Al igual que en el sueño, hacía ese día en Palma un sol espléndido, e hice una fotografía de esa pared. Durante años, regularmente vine registrando esa pared en fotografías. Cientos de versiones de la última mirada de mi padre en vida, aunque fuera una mirada contenida en un sueño. Ya no vivo en esa casa, pero conservo esa secuencia de fotos. Tengo ahora mismo una a mi lado. Compruebo que en esa pared había una estantería llena en su totalidad de DVDs de películas, CDs de música, discos de vinilo y varios objetos que yo había ido trayendo de mis viajes. Sólo a través de su repetida observación en fotografía me he dado cuenta de que lo que él miraba en aquel último sueño era una suerte de bodegón, una *naturaleza muerta* confeccionada en este caso con esas películas, discos en vinilo y simples objetos que desde hacía treinta años yo había ido arrastrando de ciudad en ciudad. Dicho de otro modo, él miraba el bodegón de mi vida, daba un último repaso a, por así decirlo, su legado en mí; ponderaba un deber cumplido. Fue a raíz de esto que comencé a interesarme por ese subgénero de la pintura en el que por mucho que aparezcan espléndidas y lustrosas manzanas, cazuelas al fuego, hortalizas o hermosos conejos, reflexiona siempre acerca de una sola cosa, la degradación de la materia y la muerte. E hice un descubrimiento: todos los tonos de color que según los cánones han de aparecer en los bodegones de frutas para ser considerados verdaderos bodegones de frutas están presentes en los DVDs, discos en vinilo y demás objetos que él miraba en aquel sueño.

Hasta la fecha no he vuelto a verle en sueños.

En paralelo a estas reflexiones, el portafotos con la columna de *Simón del desierto* fue desplazándose de un lado a otro de la casa; no encontraba el lugar apropiado donde ubicarla, o por el contrario todas las esquinas, mesas y estanterías me parecían idóneas. Al final la dejé en el suelo, apoyada en la pared, junto a la entrada. Comencé entonces a desarrollar la obra literaria que, según habíamos quedado Mario Bellatin y yo, conjuntamente debíamos hacer. A fecha de hoy, no la hemos terminado.

Abril de 2012. Estoy en una tienda de antigüedades de Iowa City, donde llaman antigüedad a todo objeto datado antes de 1970 y posterior a 1833, momento en el que se funda el estado de Iowa. Más que un anticuario, la apariencia es de mercadillo o rastro. Tengo ante mí un cajón de madera lleno de fotografías, anónimas y revueltas; según sus tamaños, los precios oscilan entre uno y diez dólares. Hundo los brazos en el cajón y extraigo cuantas me caben entre las manos, las observo, devuelvo al cajón aquellas que no me interesan y repito la operación. Cuando era pequeño, en el programa concurso *Un, Dos, Tres, Responda Otra Vez*, los concursantes amasaban decenas de tarjetas en un cajón de cristal transparente en busca del premio sorpresa. Los sábados por la noche veíamos ese programa concurso, el único que había. Yo sentía vergüenza ajena cuando los concursantes, siempre hombre y mujer, saltaban de alegría y se abrazaban compulsivamente cuando les tocaba el coche. Había regalos muy superiores al coche pero todo el mundo quería el coche; cosas del siglo XX. La emisión duraba casi cuatro horas. Nuestro televisor, un Zenith americano, en blanco y negro, del año 67, no funcionaba demasiado bien en España; los técnicos de reparación lo achacaban a su origen no continental, así lo decían, «no continental». Ese televisor había venido de Estados Unidos en el mismo avión en que mi padre había traído vacas o cerdos; solía decir que lo había pasado de contrabando. Él nunca veía *Un, Dos Tres, Responda Otra Vez.* Cuando los concursantes gritaban se limitaba a levantar la vista del libro o revista que estuviera leyendo. Hundo de nuevo mis brazos en las fotografías, espero encontrar mi coche. Estoy en Iowa City, hace tan sólo un par de meses que ha muerto mi padre y supongo que eso activa en mí una cursi actitud revisionista, una interrogación acerca de los pasados aunque esos pasados sean los de otras personas. Me interesan las fotografías, siempre me han interesado, en cualquiera de ellas se halla uno de los momentos más misteriosos y contradictorios que conozco: un instante que no valiendo para nada vale para todo. Hundo otra vez las manos en el cajón de fotografías, busco una imagen que pueda llevarme a casa y una vez allí, entre mis cosas domésticas, me sirva para algo. Extraigo ésta.

Una pareja de 1957 —la foto está fechada en su reverso— lava su coche en lo que supongo que es el jardín de su casa. La escena resulta tremendamente vívida, no hay pose, es pura extracción de tiempo, momento en bruto de una actividad doméstica. El trozo visible de casa prefigura la arquitectura de las afueras de Iowa City, donde aún hoy todas las construcciones presentan ese aspecto. Parecen absortos en su actividad, casi diría que contentos o, cuando menos, satisfechos. Pero lo que llama mi atención es la connotación sexual que posee la espuma derramándose por el lateral del capó. No va a parte alguna esa espuma, moja las llantas y cae en tierra; semen que se pierde, se pierde para siempre, me digo. Es una suerte que no todas las actividades que llevamos a cabo den frutos. No todo ha de tener resultados tangibles, no toda teoría ha de verse encarnada. Las cosas, por lo general, sencillamente se disipan en otras sin propósito ni porqué, y ya está. Lo que siempre me gustó del pensamiento del matemático René Thom fue que su prometedora Teoría de Catástrofes finalmente no valió para nada en concreto; tan sólo un bello y casi inoperante constructo mental. Pero no por ello René Thom abominó de su criatura, bien al contrario, afirmó que cuando las cosas terminaban por detentar una aplicación práctica dejaban de interesarle. Una actitud que comparto. Con mi padre tuve no pocas discusiones en torno a este asunto. Para él, las cosas sin aplicación práctica constituían un mero pasatiempo, en el mismo orden que las películas de Walt Disney o las novelas de Kafka, novelas éstas por las que en más de una ocasión tuvimos discusiones que en mi adolescencia y posterior primera juventud solían irritarme mucho. Además del tema en disputa en sí, me fastidiaba el hecho de que mi nerviosa reacción denotara que aún me importaban demasiado sus opiniones, que aún era mi padre, que yo aún era un niño y mi independencia tan sólo una apariencia. Si el objetivo del crecimiento en familia es copiar un comportamiento, más tarde introducirle una mutación a fin de violentarlo, y por último aceptar tal mutación como algo inevitable y como si nada continuar con tu vida, durante aquellas discusiones yo me daba perfecta cuenta de que aún estaba en la segunda fase, cuando la violencia que ejerces sobre lo heredado y el consecuente conflicto te importa demasiado como para aceptarlo. Creo que toda mi lucha por lo que vagamente podríamos llamar «hacerse mayor» fue ésa, que las opiniones de mis padres dejaran de afectarme. Podemos definir al adolescente como aquel que no siente respeto por los mayores que él, ni tampoco por los menores que él, sino por los que son exactamente iguales que él. Pero exactamente igual a él sólo hay uno: él mismo. Por eso el adolescente es una burbuja de ego químicamente puro. Mi modo de salir de esa burbuja fue llegar a ver a mis padres no como superiores o inferiores sino como iguales, y ello, tras muchos e inciertos pasos, ocurrió de un modo definitivo cuando alcancé la independencia económica. El dinero, que como vale para algo práctico, para algo que se extingue, siempre termina por decepcionarte, en este caso acabó por liberarme. Finalicé la carrera, y el mismo mes que me puse a ejercer la que durante dieciocho años sería mi profesión como físico, busqué algún lugar para alquilar, un pequeño piso abuhardillado, no muy lejos de la casa de mis padres. Tal cercanía, que en un principio sentí como inconveniente, resultó una ventaja; la proximidad entre ambas casas me permitía llevar, cuando me daba la gana, trastos y comida de la una a la otra. Mis padres pisaron aquella buhardilla una sola vez y no estuvieron más de una hora; tomaron un café, dieron el visto bueno y se fueron. Fue en ese momento cuando noté que las opiniones de mis padres iban dejando de importarme. El capital netamente simbólico que de pronto yo podía esgrimir, utilizar y negociar con ellos era éste: yo también me gano la vida económicamente, es el momento de llegar a pactos.

Iowa City, abril de 2012, hundo las manos en un cajón de fotografías, extraigo esta otra.

Al niño le da igual que con orgullo el padre muestre su pez a la cámara; él prefiere el gato. El padre sostiene con una mano la muerte y el niño juguetea entre sus manos con la vida. En el reverso dice 1951. Me viene a la cabeza la novela *El guardián entre el centeno*, supongo que porque fue publicada ese año, pero también porque hay en esa foto un aire de la América ingenua y rural que *El guardián entre el centeno* se encargaría de demoler. Nunca le vi interés alguno a esa novela; devaneos de un adolescente problemático que niños de clase media acomodada estadounidense pronto hicieron propios. Cuando la leí, en el primer curso de carrera, lo hice inducido por un compañero, que a su vez indujo a otros. El veredicto fue unánime, *El guar-*

dián entre el centeno era lo peor. No obstante, sabedores de la influencia que ese libro había ejercido y aún ejercía sobre el mundo adolescente *cool*, siempre que queríamos señalar la existencia de algo para nosotros de culto o atractivo, decíamos, «eso es un guardián entre el centeno». En ese contexto de amigos, el libro *¿Está usted de broma, señor Feynman?* era nuestro guardián entre el centeno; el maxisingle *Malos tiempos para la lírica*, de Golpes Bajos, era nuestro guardián entre el centeno; el *Curso de física teórica*, tomos II y III, de Lev Landau, era nuestro guardián entre el centeno; *Terciopelo azul*, de David Lynch, era nuestro guardián entre el centeno, y *El hacedor*, de Borges, era mi particular guardián entre el centeno, un libro que me impactó nada más abrirlo. Nunca le hablé de *El hacedor* a mi padre, constituía mi secreto intelectual, un lugar al que él no sólo no podía acceder sino al que tenía la certeza de que jamás accedería; y eso me hacía sentir bien, un mundo en el que yo era yo mismo, independiente de todo lazo familiar, y ello alentaba en mí cierto aire de superioridad, la importancia de la lectura, forjarse una biblioteca propia. Del mismo modo que el amor elegido te emancipa del amor grupal o familiar —evita el incesto biológico—, la lectura —construir tu mundo a través de mundos ajenos a tu entorno— te emancipa de la educación recibida, evita el incesto cultural. Uno de los motivos, aunque admito que muy tangencial, por el que me había animado a hacer la carrera de física era obtener una independencia. Siempre me habían incomodado aquellos y aquellas que siguen exactamente los pasos de sus padres, las habituales sagas de abogados, médicos, ingenieros, profesores, artistas o farmacéuticos. Mi opinión hoy es otra, pero en aquella época no podía imaginar nada peor que ejercer la misma profesión que tu padre o tu madre. No obstante, a pesar de haber estudiado física no me libré del todo de las puntuales incursiones de la figura del padre. Durante sus últimos diez años de vida tomó la costumbre de, más o menos una vez al mes, llamarme para preguntarme algo acerca de esa materia; alegaba que necesitaba la solución como componente de algún otro problema más importante, siempre relacionado con su profesión. Nunca quise preguntarle si aquello iba en serio o en broma; en cualquier caso no me importaba, sabía que era ya la única manera de la que él disponía de decirme que aún era mi padre, que aún podía dialogar conmigo en igualdad de condiciones acerca de un problema de carácter intelectual. De paso, yo, al consentir el juego, me demostraba a mí mismo que, en efecto, ya estaba totalmente independizado. El momento en el que dos personas no se someten la una a la otra, tan sólo giran atrayéndose y repeliéndose como planetas en un proceso de saludable seducción. ¿La fotografía que tengo entre mis manos habla de eso? ¿Son ese padre que posa con un pez muerto y ese niño que sostiene un gato vivo dos planetas que ya han empezado a seducirse? No puedo saberlo. Pero la fotografía da a entender que sí. Todas las fotografías dan a entender que sí. Si te fijas, todas las personas que aparecen en una escena fotográfica parece que poseyeran siempre esa *distancia adecuada*. Da igual que se lleven bien o mal. Las fotografías equilibran fuerzas y conflictos, quitan un sentido intrínseco a las escenas, para darles otro. Creo que ése y no otro es el motivo por el cual la fotografía —a todas luces una actividad no artística— se ha incorporado con tanto arraigo a las prácticas artísticas burguesas: diluye conflictos reales entre las cosas retratadas, lo amabiliza todo, también lo sórdido —el mal incluso—. Pero hay algo que no entiendo en esta fotografía: por qué el padre lleva zapatos y el niño está descalzo. No sé qué manía tienen los padres de dejar a sus niños descalzos, quizá no deseen que crezcan, quizá los quieran para siempre en un útero y desnudos. Ese niño tendrá hoy casi ochenta años, y puedo asegurar que ahora mismo, en algún lugar de América, hay un hombre de casi ochenta años que, descalzo, aún está sosteniendo entre sus brazos un gato vivo. Cuando alquilé el pequeño piso abuhardillado al que antes me he referido, pensé mucho en esta clase de asuntos pues uno de los objetos que compré con mis primeros sueldos fue una ampliadora fotográfica; en una de las habitaciones que me quedaban vacías monté el cuarto oscuro de revelado. Podía pasar hasta ocho horas ininterrumpidamente mirando cómo, en el fondo de la cubeta, las imágenes se materializaban en el papel. Me di cuenta de que, en los retratos, lo primero en aparecer son los ojos, siempre los ojos. Identifico esa lenta aparición de la imagen en el papel fotográfico con el proceso inverso —exactamente inverso— al de una bola de nieve que desaparece entre las manos de un niño. «Está bien, pues que se la lleve.» Creo estar oyéndolo.

Iowa City, abril de 2012, acabo de extraer otra fotografía del cajón, ésta me parece rara, sólo eso.

Posar con algo que, en las manos, ha adquirido un aspecto de calavera. Como si unos labios estuvieran a punto de enunciar, «ser o no ser, ésa es la cuestión». Pero ¿ser qué? Evidentemente, ser padre o ser hijo. No se puede ser las dos cosas al mismo tiempo.

Esa noche, en Iowa City, en la habitación del hotel, observaría esas tres fotografías muchas veces más. Eloy Fernández Porta y yo llevábamos tres días en la ciudad, invitados por la universidad, un oasis de pensamiento en mitad de un desierto de maíz y soja. Apagué el ordenador, me levanté, miré por la ventana. En frente, el césped del campus, iluminado por claros de farolas, la caseta del guarda y, a pesar de encontrarnos en abril, árboles aún esqueletizados. La luna, casi llena. Un rumor de grillos aunque a lo mejor eran otros insectos porque en realidad poco sé de invertebrados. Decidí bajar a fumar un cigarrillo. Atravesé el vestíbulo. No sé por qué en los moteles y hoteles americanos la noche intensifica el olor de las moquetas, reaparece todo: tierra, comida, café o cerveza. El encargado de la recepción no estaba en su puesto; sí su televisor, ese gran vigía de la noche americana, siempre encendido. Ya en la calle, caminé hacia el río, un canal situado a no más de cincuenta metros. Noté cómo la humedad me atravesaba la cazadora, el jersey y la camisa hasta llegar a la camiseta interior, encogida tras tantos lavados. La había comprado hacía por lo menos seis años, no recuerdo dónde, y en el pecho, con rotulador, había escrito «Atom Heart Mother» y un corazón mal dibujado. Tiré la colilla al río cuando unos estudiantes, borrachos, cruzaban uno de los puentes de hierro que jalonan el cauce. No sé exactamente qué gritaban pero tenía que ver con la guerra civil española. Hacía 36 días que mi padre había muerto; regresé al hotel con el corazón de mi madre intacto en mi pecho.

Nuestra estancia en Iowa City formaba parte de una gira americana que nos había preparado la profesora de literatura de Dartmouth College, Beatriz Pastor. Su plan era, en cada universidad o centro al que fuéramos invitados, dar sendas conferencias acerca de nuestras obras, y además interpretar el recital de *spoken word* Afterpop Fernández y Fernández que desde el año 2008 veníamos desarrollando en España y Latinoamérica. La ruta, veinticinco días a lo largo de abril de 2012, nos llevaría al Instituto Cervantes de Chicago, Universidad de Iowa, Dartmouth College (New Hampshire), Nueva York y Brown University (Rhode Island), recibidos en cada lugar por profesores que Beatriz había contactado. En Iowa, nuestra anfitriona era Ana Merino. Todo estaba resultando un éxito, con su fatigoso encadenamiento de aviones, trenes, buses de todo pelaje y hoteles desiguales; supongo que en eso consiste una gira americana. Eloy leía cómics o libros que solía comprar en librerías de segunda mano; en cada ciudad las rastreaba todas. Yo hacía películas, no paré de filmar y montar. Dos días antes de nuestra llegada a Iowa City, la banda Magnetic Fields había tocado en un teatro de esa ciudad. Cuando una semana más tarde llegamos de Nueva York, el día anterior habían tocado allí Magnetic Fields. Pero ya en nuestra primera parada, Chicago, la música del grupo de Merritt había estado sonando en directo pocos días antes. Estaba claro que nuestra gira consistía en, secretamente, intentar dar alcance a esa banda.

El día que abandonamos Iowa City un taxi nos llevó al aeropuerto, situado a media hora de la ciudad. Amanecía. La niebla cubría los campos de maíz y les daba un aire de bloque de plomo con tonos ligeramente dorados. Fui escuchando el disco *Teen Dream*, de Beach House, que el día anterior había comprado en una tienda de discos usados; se convertiría en mi particular banda sonora de la gira —en esa tienda, aprovechando un descuido del dueño, había dejado en una cubeta una copia del CD de Frida Laponia; me gusta pensar que quizá aún se halle por ahí rodando—. De ese aeropuerto, minúsculo, volaríamos a Detroit, donde deberíamos coger otro avión a Boston, y de allí un bus a Hanover, pequeña localidad típicamente victoriana donde se encontraba nuestro siguiente destino, Dartmouth College. El primer tramo fue incómodo, atravesamos varias tormentas y fuimos sacudidos por extremas turbulencias al aproximarnos a la ciudad de Detroit, vista desde el cielo no más que una grisácea ciénaga, cuadrícula de casas abandonadas e industrias sin actividad. Por el contrario, su aeropuerto, de estética futurista, y atestado de gente, nos recompuso el ánimo. Pareciera que tras el éxodo industrial al que en aquella época había sido sometida la ciudad, sus habitantes en masa se hubieran trasladado a vivir al aeropuerto. En una de las cafeterías de la terminal Eloy comió tres trozos de pizza del tamaño de una deportiva de baloncesto; yo no pude acabar el mío. Tomamos el enlace a Boston. Un vuelo mucho más amable. Nada más aterrizar, y aún sin levantarme de mi asiento, me paso la mano por la nuca y noto un pequeño bulto, no más grande que una lenteja. Palpo a fin de cerciorarme de que no fuera un nudo del pelo. Tiro de él y cuando observo mi mano se trata de un insecto que no tardé en identificar como una garrapata. Movía las patas con un ansia francamente kafkiana. Inmediatamente la tiré al suelo, con la punta del zapato la aplasté, tuve que repetir la operación, no tenía ni idea de que fueran unos insectos tan duros. Sí sabía los efectos que puede tener su picadura: altas fiebres y vómitos que en ocasiones pueden propiciar una parada cardiorrespiratoria.

Recordé entonces que en 1967 mi padre había estado en ese mismo aeropuerto, en un avión en el que animales y humanos viajaban separados pero juntos.

En Boston tomamos el bus y aquella noche llegamos a Hanover, donde nos recibieron otros dos magníficos anfitriones, Beatriz Pastor y José Pino. Antes de dormir, ya en la cama del hotel hojeé el suplemento cultural *Cultura/s*, que había comprado en el aeropuerto, al salir de España, y que aún rodaba en mi maleta. Las páginas centrales venían ocupadas por una pieza de la artista Daniela Ortiz.

Un anodino trozo de campo, que deja de serlo cuando a pie de foto lees unas coordenadas geográficas y un texto, que constituyen el título de la obra: «41° 14' 29'' N- 26° 08' 40'' E, Fosa común de personas catalogadas como no europeas».

Permanecí varios minutos observando esa tierra, hasta que me pareció detectar en ella el mapa de los Estados Unidos de América. Tomé un par de rotuladores. No tardé más de un minuto en trazar el contorno del país. Y en su interior, nuestra ruta.

«De modo que yo nací en esta clínica», le dije a mi madre, sentados aún en el sofá para visitas de la habitación 405. Por tercera vez asintió.

Consulto ahora Google Maps.

Clínica Modelo. Coordenadas, 43° 21' 54.0060" N, 8° 24' 35.9995" W.

Tardas toda una vida en ser tú, en crear algo vivo y real en torno a esas coordenadas de tu nacimiento, meramente matemáticas. La vulnerabilidad de un dato que en un instante se hace tuyo.

Todos tenemos una falta, una ausencia irrellenable. Nadie estuvo presente en el instante en el que fue concebido, nadie puede recordar el calor y el frío, el temblor y el temor, el sueño y el goce en la unión de los dos planetas que luego fueron el padre y la madre; es ésa una imagen que definitivamente nos falta, es ésa la imagen que, consciente o inconscientemente, buscaremos en todas las cosas, cada vez que desde un coche miramos el paisaje, cada vez que a través de una ventana echamos una ojeada a la calle, cada vez que cerramos los ojos y miramos dentro de nosotros. Como si los árboles, los pájaros, los insectos o los viandantes, que con sus bolsas de la compra vemos pasear mientras escuchan en auriculares una melodía que nadie más en el mundo está escuchando, fueran a darnos la respuesta, pudieran completar esa imagen que aun siendo nuestra —totalmente nuestra— no poseemos.

Pero hay otras ausencias absolutas, las que se dan en los primeros años de vida. Entre tus cero y tres años de edad existes por el relato que otros han generado de ti, por aquello que más tarde te cuentan. En este sentido, entre tus cero y tres años de edad tu memoria está fuera de ti, volcada para siempre en otro lugar, almacenada en la memoria de los demás así como en los vídeos caseros y en las fotografías. Si a fin de intentar identificar cuál es tu primer recuerdo comienzas a ir hacia atrás en las imágenes, llega un punto en el que no sabes si un determinado recuerdo es anterior a otro. Son ahí los hechos ocurridos una pastosa masa de postales cerebrales, un «punto de acumulación» de experiencias, un límite inferior de imágenes respecto a un orden temporal, caóticas pero no por ello carentes de valor; todo lo contrario, esa mezcla te acompañará siempre, da sentido y es gen de cuanto venga. Eso no se lo dije a mi madre, que permanecía callada, sentada en el sofá para visitas en tanto observaba los tubos y los aparatos electrónicos que nos rodeaban.

Una vez él hubo fallecido abandoné la costumbre de buscar mi nombre en las guías telefónicas; lo atribuyo a una casualidad. En verano de 2012 fui invitado al Festival de Cine Negro de Gijón, lo que no dejó de sorprenderme pues nada más lejos de mi narrativa que ese género novelístico. Una de las actividades del Festival consistía en participar como agente activo en una experiencia diseñada por una artista —cuyo nombre siento ahora no recordar—, que consistía en pasear por el cementerio de Gijón al mismo tiempo que a través de unos auriculares escuchabas un relato referente a los fusilados en aquel cementerio en la guerra civil. Para ello nos daban a cada uno un teléfono móvil que por GPS localizaba tus coordenadas exactas, y dependiendo de tu ubicación, una voz te narraba lo ocurrido setenta años atrás en ese punto del cementerio. El destino final del relato era para todos los participantes el mismo, un muro que hay al fondo del camposanto, donde en el año 1939 habían tenido lugar los referidos fusilamientos, y al que, tras una hora de vagabundeo teledirigido entre lápidas y panteones, poco a poco fuimos llegando todos y todas las participantes en el experimento. En el muro, sobre cada impacto de bala, el Ayuntamiento había colgado una placa en la que figuraba el nombre del asesinado y algunos otros datos biográficos. Todos observamos esas placas; el ambiente se volvió entonces profundamente silencioso y circunspecto. Giré sobre mis pies. Justamente a mi espalda, un grifo metálico, de aspecto tosco, sin duda un lavadero que la gente usa para reponer los jarrones de flores o llenar los cubos de agua con los que lavar las lápidas. Me acerqué al grifo, lo abrí; en efecto, salió agua. Me pareció aquello una conversación asombrosa. A un lado el muro de piedra, con los impactos de bala y las placas con las biografías de los asesinados, elementos todos ellos pétreos, sin dialéctica que ya los hiciera fluir, y, justamente en frente, a menos de tres metros, un vulgar grifo que si lo abres sale agua, genérica corriente de vida. Extraje la cámara del bolsillo y filmé el muro y a continuación el agua, que dejé correr durante unos segundos. Cuando hube terminado y apagado la cámara, me volví; detecté miradas de reprobación, pero para mí era obvio que aquel grifo venía a completar la escena, a recordarnos que aun habiendo acontecido aquellas muertes en circunstancias trágicas, siempre queda su contrafigura, siempre hay un segundo actor en el escenario, un doble desviado que, por así decirlo, viene a salvar al mundo de una aciaga —y en este caso asesina— línea del tiempo. Cuento esto porque, sentado aún junto a mi madre en el sofá para visitas, pensé que la contrafigura del cuerpo de mi padre en la cama de hospital era mi cuerpo en ese mismo hospital cuarenta y cuatro años atrás, naciendo con 3,4 kilos de peso. Mi cuerpo dando peso real a las coordenadas 43° 21' 54.0060" N, 8° 24' 35.9995" W de la Clínica Modelo.

Llegaron mis hermanas, mi madre me dijo que había dejado comida preparada en casa, sólo había que calentarla. Me fui.

Nada más salir de la clínica enfilé la cuesta que conduce al nivel del mar. Las raíces de la fila de árboles que vadean la acera habían reventado las baldosas; supuse que bajo tierra todas ellas se habrían trenzado, hasta conformar grandes lianas, una suerte de cordones umbilicales. Esa mamífera imagen persistiría hasta que llegara a mi casa. Pero antes, al pasar por la playa de Riazor, me detuve unos instantes en la barandilla del paseo marítimo; el mar, asombrosamente en calma para esa época del año. Decidí entonces, para llegar a mi casa, circunvalar la ciudad por la línea de la costa, larguísimo camino que rodea la urbe al completo. El cuerpo, agotado o confundido, busca a veces esas retóricas.

Me viene ahora a la memoria que, muchos años atrás, concretamente en marzo de 2002, en compañía de una mujer, cuando aún no sabíamos que poco después nos separaríamos para reencontrarnos diecisiete años más tarde y formar la pareja que hoy somos, intentamos ir a Pompeya. Al llegar a los lindes de la ciudad de lava, habíamos hallado sus puertas cerradas. Veníamos de Capri, de visitar la Casa Malaparte, donde nos habíamos entretenido en exceso. No obstante, en silencio, con las manos agarradas a la verja pompeyana nos habíamos demorado unos minutos en la valla que separa el mundo vivo de aquel otro fosilizado, minutos en total silencio, minutos en los que yo pensaba en un pequeño hotel, La Floridiana, que horas atrás, de camino a la Casa Malaparte, de pasada habíamos visto en Capri, y en el que nada más observar su hermosa fachada yo había cavilado que me hubiera gustado pasar una noche, para, como era mi costumbre en aquel viaje, y tal como luego quedó registrado en el libro *Carne de píxel*, llevarme un trozo del papel higiénico, luego escanearlo y ver qué paisaje de píxeles aparecía en la pantalla. Y acabo de hacer esta incursión al recuerdo de la fallida visita a Pompeya porque aquel día, años más tarde, en La Coruña, mientras desde la clínica regresaba a la casa de mis padres, me fijé en la gran cantidad de edificios de cemento vivo que hay en esa ciudad. No mucha gente sabe que el cemento fue inventado por los romanos con una mezcla de cal viva, piedra pómez y ceniza volcánica procedente de, precisamente, el pompeyano volcán al que llaman Vesubio. La mezcla de esos minerales con agua desencadena una reacción exotérmica irreversible, que endurece la masa para siempre. Dicho de otro modo: la amalgama desprende calor, y no es posible encontrar un mecanismo por el cual los minerales que conforman el cemento, una vez fraguados, puedan separarse para regresar a sus estados antiguos. Lo había leído meses atrás en un libro sobre técnicas de construcción. Me apasiona pensar que el motivo de su durabilidad sea precisamente ése, la fuga de su calor interno cuando es fraguado, un calor que se escapa y jamás regresa, como si un elemento mágico o cierta clase de alma también se fuera con ese calor. Porque un cuerpo que muere es un cuerpo que se enfría para siempre. Y no deja de resultarme extraño que vivamos en cajas cuyas paredes también han perdido su calor para siempre, me dije en tanto caminaba ante los edificios del paseo marítimo de La Coruña. Se levantó viento del Nordeste. El mar, de pronto muy batido, ocasionalmente salpicaba mi cara.

Había partes de la ciudad que no pisaba desde la infancia, algunas muy cambiadas, y otras en las que, directamente, nunca había estado. Rebasé la antigua cárcel, edificio de estilo modernista cuyas paredes habían sido cubiertas por graffitis, y rotas sus ventanas; un coche aparcado en su entrada principal, que parecía una entrada normal, un portal de vivienda corriente, cemento para humanos no condenados. Pasado el faro de la Torre de Hércules vino una vívida imagen, el recuerdo de en aquel mismo lugar haber visto arder el mar, cuando en 1976 mi padre nos llevó a la pequeña de mis hermanas y a mí a ver el petrolero Urquiola en llamas. Se había encallado contra unas agujas de roca que no figuraban en las cartografías de la época. En un acto considerado heroico, tan sólo murió el capitán al, siendo el último en abandonar el barco, ser alcanzado por las explosiones; el crudo llegó hasta la costa. Sólo guardo una imagen de aquello: mi padre, con el dedo índice señalándonos el fuego y la masa de humo negro. Pocos años después, una de mis hermanas, por la noche, en la cama, leía el libro *Urquiola, la verdad de una catástrofe*. A mis preguntas acerca de ese libro me dijo que era la lectura de moda en la ciudad, y que detallaba el accidente del petrolero, pero que según decían era un bluf porque había sido escrito antes del accidente. Eso no era cierto, pero de cualquier manera lo importante era la posibilidad de que un libro acerca de un acontecimiento pudiera escribirse antes de que el acontecimiento ocurriera, la existencia de tal lógica invertida. Supongo que fue uno de mis primeros cara a cara con la literatura como una anticipación, un mecanismo que crea realidad. Tras el Urquiola vinieron otros petroleros en llamas, el Erika, el Mar Egeo, el Prestige; parecía un hábito. A finales de 2002, estando de vacaciones de Navidad en casa de mis padres, cogí un frasco de mermelada, vacío, lo lavé y sequé, cogí el coche y fui a la playa de Barrañán, solitaria franja de casi dos kilómetros de dunas y juncos crecidos casi en la misma arena. Me acerqué a la orilla. Soplaba un viento muy frío. En la zona de rocas, con una cuchara sopera extraje un trozo de chapapote producto del derrame del Prestige, en la cucharada vinieron también arena, agua de mar y alguna pequeña alga. Cerré el frasco herméticamente. Era el primer año que vivía con mi segunda mujer, y ella me había dicho que a mi regreso le llevara a Mallorca algún recuerdo de Galicia; no pude imaginar un objeto mejor. El bote, de vidrio transparente, tapa metálica, y con el paso del tiempo carcomido por un óxido que parecía venirle de dentro, terminó decorando la estantería de nuestra casa, junto a los DVDs y vinilos y otros objetos de la misma estantería que, muchos años más tarde, mi padre observaría en mi sueño; aquel último sueño. Ese bote nunca ha sido abierto.

Cuando, tras salir de la Clínica Modelo, terminé de circunvalar la ciudad y llegué a mi casa, habían pasado más de tres horas. Dejé la chaqueta en mi antigua habitación, me dirigí a la cocina. Sobre los fogones, dos ollas. Destapé la primera, pavo con verduras de toda clase. Destapé la segunda, sopa de arroz de pescado. Puse a calentar esta última. Entretanto, a fin de revisar el correo electrónico fui al despacho de mi padre, encendí el PC. Mientras Windows arrancaba me dediqué a abrir y cerrar cajones del escritorio, comprobar que el cuaderno de bitácora, por llamarlo de algún modo, de su viaje en 1967 a Estados Unidos continuaba donde no muchos meses atrás yo lo había visto. Me senté por fin frente a la pantalla. Fue cuando, a la izquierda del teclado, vi por primera vez el taco de folios en blanco, en cuyo pie decía:

> http://www.montevideo.com.uy/nottiempolibre_116072_1.html

En aquel momento no le di importancia, no reflexioné acerca de lo que significaba ese papel en blanco. Tenía un e-mail de Beatriz Pastor, que en esas fechas ya estaba preparando nuestra gira americana, y cuya respuesta demoré. Regresé a la cocina, no puse mantel, comí muy rápido, soplando cada cucharada. La cortina de humo que se alzaba entre mis ojos y el plato me impidió en todo momento ver qué me llevaba a la boca. Volvió la imagen de las raíces de los árboles, trenzadas las unas a las otras bajo la acera de la cuesta que desde la clínica desciende hasta el mar, y con ello volvió aquello que tiempo atrás yo había pensado: «una monja del siglo XVI afirma que habrá un día en que las estaciones no se diferencien por los colores de los pétalos de las flores sino por sus raíces». El arroz de pescado estaba soso. Abrí la alacena, el salero vacío. Me dirigí entonces a la habitación de la entrada, pared con pared con el despacho de mi padre, una pequeña estancia destinada originalmente por el constructor al cuarto de un servicio doméstico residente, que nunca tuvimos, y que mis padres habían habilitado como gran despensa. Tras abrir y cerrar varias alacenas encontré un paquete de sal. Al lado, un congelador tipo arcón, de apertura superior, donde muchos años atrás, cuando todos los hermanos estábamos en casa, solíamos meter grandes cantidades de carne, pescado y otros congelados. Siempre era igual, una vez al mes unos tipos vestidos con monos blancos aparcaban delante de nuestro portal, en doble fila, un camión frigorífico y subían un cuarto de ternera, ya despiezada, que dejaban caer dentro del arcón frigorífico. A ojos de los vecinos, aquello no dejaba de constituir una extravagancia por cuanto en un barrio de clase media tales prácticas de abastecimiento directamente no existían; en alguna ocasión, un vecino me preguntó si nos dedicábamos a la reventa de carne, pescados y marisco. Comíamos mucho, y de todo, sólo eso. En mi niñez, observar el proceso de abastecimiento de esa materia prima me producía ensimismamiento. Mi madre, tras horas de espera con intermitentes vistazos desde la ventana, decía, «ahí vienen», en tanto yo observaba la descarga del camión; piezas de carne visibles a través de grandes bolsas transparentes. Y los hombres, que no llaman al timbre pues mi madre ya tiene la puerta abierta y les espera como quien espera el fuego, y los hombres entran en casa y con gruesas botas katiuskas pisan el parquet, que no es un parquet cualquiera sino uno especialísimo, de madera canadiense, que queda perdido de manchas y a mi madre parece no importarle, y sus monos blancos salpicados de gotas de sangre a la manera de un Pollock, para dejar caer luego la carne en el arcón frigorífico, dejarla caer no como quien vierte piedras sino agua, movimiento continuo y suave en el precipitado de solomillos, faldas de ternera y medias cabezas de cerdo, todas heladas. Después, atravesaban el pasillo en fila y sólo el último se despedía, sólo el último enunciaba un escueto adiós cuando, tras firmar mi madre el albarán de entrega, cerraba la puerta para irse a conformar otro encargo.

Con el paquete de sal en la mano, regresé a la cocina, lo apoyé sobre la encimera, el rasgado del plástico hizo que al abrirlo se derramara la mitad, que recogí y metí como pude otra vez en el paquete. Me serví otro plato de sopa. Esta vez comí despacio, todavía humeaba. La ventana de la cocina dejaba ver las nubes, que sobre los edificios se habían oscurecido. Fregué el plato y la cuchara. Al salir de la cocina, en vez de girar a la derecha para ir al salón, instintivamente lo hice hacia la izquierda, regresé a la despensa. Abrí la puerta del arcón frigorífico, las bisagras giraron sin ruido de bisagras. La carne, una vez congelada, pierde el aspecto que tuvo a temperatura ambiente, resulta difícil distinguir si el bloque que tienes entre tus manos es una sección de una pata o de la espalda. Dado que mis padres hacía años que vivían solos, me extrañó ver el congelador tan lleno; lo normal sería que estuviera no sólo vacío sino desenchufado. Revolví un poco. Según su costumbre, mi madre había puesto fecha a cada paquete. Dada la baja temperatura interior, veinticinco grados bajo cero, podrían continuar allí intactos cientos de años y no les pasaría nada. Cemento que intacto continúa en Pompeya, me dije. Me resultó fácil interpretar la conservación de aquella ciudad de carne que tenía ante mí como un recuerdo involuntariamente construido por mis padres, un recuerdo de otra época, no diré que más feliz, pero tampoco menos; simplemente un lugar y un tiempo en el que estábamos todos. Todos juntos, quiero decir.

Volví al PC y tecleé *Pompeya* en Google Maps. A vista de pájaro esa ciudad en nada se diferencia del resto de las colindantes; observada a la distancia adecuada puede pasar por un polígono industrial del mismo modo que en 2001 una nave de vasijas de barro pasó en Irak por un arsenal de armas de destrucción masiva. Es un hecho que Pompeya sufrió en 1943 un bombardeo aéreo británico, llevado a cabo únicamente como ensayo de potencia de armas en desarrollo, conejillo de Indias. Esa noche estuve viendo en la tele un programa del corazón, imágenes de famosos en actividades cotidianas. Unas imágenes captadas con cámara oculta mostraban a uno de esos famosos entrando en un restaurante chino, se sentaba; a su espalda un cuadro de un paisaje asiático, endémico en este tipo de restaurantes. Recordé un cuento chino en el que un emperador le pide a un pintor que borre la cascada del fresco que hay en su habitación porque el ruido del agua no le deja dormir.

El mundo de ahí afuera tampoco duerme. Como creo haber dicho, en la habitación 405, esa misma mañana, nada más entrar y ver a mi padre en la cama, nada más percibir en su rostro la cara oculta de la luna, me había puesto a escribir compulsivamente acerca de él. Durante más de un año esa obsesión se prolongó, escribiría en todas partes y a todas horas, en todo papel que encontrara a mano y en todo reverso de factura de la luz, en mi casa y en los aviones, en los hoteles y en los aeropuertos, en las fiestas y en los taxis; no podía parar de escribir. De todo ese material no queda nada, nada servible, verborrea producto del pánico y de la peor clase de duelo, el duelo anticipado. Ruidos de una cascada que no me dejaban dormir. Sólo cuando él murió, ese ruido cesó y pude escribir acerca de él y de mí, dejó de ser un perturbador paisaje para convertirse en pintura, cuadro debidamente enmarcado. Hace pocos meses, releyendo fragmentos de un libro de estética, *Vida y muerte de la imagen*, de Régis Debray, descubrí que en muchas culturas no existe un término para designar *paisaje*, y que son exactamente las mismas culturas que carecen de un término para decir *arte*. El paisaje sólo se convierte en materia narrativa cuando se ha perdido definitivamente, cuando te has alejado de él. Se sabe que la información del mundo ni se crea ni se destruye, tan sólo se transforma. Sin embargo todo lo que cae en un agujero negro, también la información que el agujero absorbe, queda ahí atrapado, no vuelve jamás, se pierde. Y pienso ahora en la ceniza, en Pompeya, en el cemento hecho con la ceniza del Vesubio, y pienso también en la ceniza de un muerto, y pienso que en la incineración de un cuerpo es borrada su identidad, las cenizas hacen que la información de ese cuerpo tampoco regrese. Las cenizas de un muerto son iguales a todas las cenizas de todos los muertos. Incinerar no sólo iguala al mundo sino que lo hace irrecuperable: una suerte de agujero negro.

Finalmente, decidimos la fecha del entierro de las cenizas, junio de 2012, momento en el que todos los miembros de la familia estaríamos libres de ataduras profesionales. En la casa de La Coruña, en febrero, tras el día del funeral, no había notado sensación de vacío, pero en la casa del Valle Gordo sí que la vivienda tomó un aire de caja vaciada, indisoluble de la ausencia paterna. Nada más llegar y acomodarnos en las habitaciones, dejé a todos en el antiguo huerto, hoy habilitado como patio, sentados en unas sillas en torno a unas tazas de café, y fui a dar una vuelta por el pueblo y alrededores. Hice muchas grabaciones en vídeo. Sobre la marcha las inspeccioné; los perfiles de montañas y nubes recordaban a las películas de Dreyer. Grabé un caballo que saltaba una valla, y un avión que pasaba y dibujaba en el cielo una hipotenusa de vapor de agua. Por momentos fue apoderándose de mí una incómoda sensación de lejanía respecto a las cosas, como si los objetos del mundo se alejaran, rompieran los enlaces de la red que me une a ellos, y me asaltó una idea que poco después usaría cuando escribí mi novela *Limbo*: la muerte consiste precisamente en eso, son las cosas del mundo las que pasan de nosotros, son las cosas del mundo las que se alejan del muerto, no el muerto quien se aleja del mundo. El muerto siempre se queda. Me acerqué al cementerio, pegado a la ermita, justo a la salida del pueblo en dirección al interior del valle, camposanto que no cuenta con más de una treintena de tumbas a la vista, aunque bajo tierra ha de haber miles de cuerpos. Monarquías, repúblicas y dictaduras allí revueltas, sin otra ley ni justicia que la de la muerte térmica del Universo. Sólo una pequeña parte corresponde a nichos, el resto son excavaciones en el terreno, tumbas marmóreas y aparentes, y otras pocas de las que sólo nos informa una cruz de hierro, muy trabajada y oxidada, en la que suele haber un pequeño marco oval reservado para la foto del fallecido. En 2012, en el pueblo sólo quedaba un habitante durante todo el año, de modo que todas esas fotos mostraban y todavía muestran rostros antiguos. Cuando las observas detenidamente te das cuenta de que el tiempo y la meteorología han hecho de sus caras una misma cara, apenas se diferencian —como si fueran ceniza—, y sin embargo sus respectivos familiares podrían reconocerlas a metros de distancia. El poder de esas pequeñas diferencias es algo que no entiendo completamente, pero creo que tiene que ver con algo instintivo, casi olfativo, animal, que nos hace reconocerlas. Junto al muro del fondo, me llamó la atención una tumba sobre cuya losa alguien había puesto fotografías en color, a su lado había pitufos y gnomos provistos de placas solares, que se encienden por la noche, y también flores de plástico de unos colores que en la naturaleza no existen; todo ello en recuerdo de alguien joven, recientemente muerto. El único joven del cementerio. Me acerqué a la tumba de mi familia, estructura que emerge rectangular, bastante amplia, cubierta por una lápida de mármol en la que figuran los nombres de los abuelos y bisabuelos. El día anterior el enterrador se había ocupado de correr la lápida hacia los pies, no mucho, a lo sumo un palmo, lo suficiente como para que al día siguiente a través de la rendija cupiera la urna de las cenizas. Me aproximé a esa rendija, miré dentro. La base, una capa de cemento, sin remozar, bajo la cual se supone que reside el ataúd del último muerto de la familia, mi abuela paterna, aquella que un día de 1937 cogió a su hijo y atravesando montañas lo salvó de ser raptado con destino a Rusia. Las paredes laterales de la tumba mostraban brotes de humedad, incluso en algunos puntos no había cemento, dejando el rojo del ladrillo a la vista. Pensé en ese ladrillo rojo como se piensa en el fuego de un crematorio, pero un fuego duradero, algo así como un fuego sólido, una llama que arde para siempre. Levanté la cabeza, instintivamente, busqué con la mirada un grifo de agua en las paredes del linde del cementerio; no lo había.

Después hice fotos del interior de la tumba, con flash y sin flash, y eran dos cosas radicalmente distintas. Hasta principios del siglo pasado solía fotografiarse a los fallecidos en su lecho de muerte, o en el lecho más digno de alguna casa vecina en caso de que la familia no reuniera cierto estatus social. Esa práctica, extendida al principio en las ciudades, donde existían fortunas capaces de pagar al fotógrafo o tener cámara propia, fue perdiendo implantación para tomar importancia solamente en el medio rural, de donde desapareció poco después de la Segunda Guerra Mundial. Esa mañana, nada más tomar las fotografías del interior de la tumba que pronto sería de mi padre, me percaté de que mi comportamiento era exactamente el mismo, pero yo fotografiaba una ausencia. Aún hoy, cuando las veo, me doy cuenta de que algún día en estado de ceniza deberé penetrar en ese agujero vacío, deberé hacerlo no para estar con él sino para llegar a entender cómo era él, momento en el que, al instante, todo esto que estoy escribiendo dejará de tener sentido.

Por la noche, en la cena, nadie dijo nada acerca del funeral y del entierro que tendrían lugar al día siguiente. Más bien comentamos cosas de la casa, incluso cosas técnicas: la necesidad de cambiar todas las ventanas de madera por otras de un material incorruptible que imita a la madera, o qué hacer con la parte de la casa que mi abuela antes de morir había dejado sin terminar, e inhabitable aún. También comentamos los trucos que son propios de estas viejas casas: la puerta de la despensa, que sólo se abre si tiras en sentido opuesto al lógico; el calentador del gas, cuyo botón hay que apretar tres veces antes de acercar la cerilla, o el canal exterior del agua, que se atasca si no se limpia justo antes de las lluvias. Pareciera que esta clase de casas perdurasen para esto, sumar más y más trucos, jugar al gato y al ratón con los dueños, resistirse a un sometimiento, comentamos entre risas. Mientras tomábamos el postre la llama del calentador, con un sonido de pulmón que se queda sin aire, se apagó. Me pareció como si a la cañería que conecta la bombona con nuestro mundo familiar se le hubiera esfumado el alma. Todos lo oímos, nadie dijo nada, continuamos comiendo.

Filmé también las manos de la pequeña de mis hermanas fregando unas tazas, y a mi madre llevándose el tenedor a la boca, y a mi hermana mayor mirando una pared blanca que sólo ella sabía qué contenía, y a mi otra hermana sacudiendo las migas del mantel en el corral mientras decía algo sobre dar comida a los pájaros, y a mi sobrino inspeccionando algo en su teléfono móvil, y a mis tíos conversando acerca de la medicina y la vida. Nos acostamos. No podía pegar ojo. Aun así creo que concilié el sueño durante un par de horas. Serían las 4.30 de la madrugada cuando decidí levantarme. Por miedo a despertar al resto, ni hice café ni encendí el calentador del agua. Me puse un anorak de no sé quién, que localicé en la entrada, y salí a dar un paseo. Evitando la dirección del cementerio enfilé la carretera en sentido opuesto, ligerísima cuesta abajo que conduce a la salida del núcleo de casas. La torre de la iglesia parecía un monolito, que filmé; alta y estrecha, guardaba las mismas proporciones que el conocido edificio de las Naciones Unidas, el cual a su vez, si uno se fija, tiene las mismas proporciones que las de un famoso monolito que apareció en una película de ciencia ficción, las cuales también son las mismas que las de un disco duro estándar de memoria de un ordenador, y así podríamos continuar, de monolito en monolito hasta llegar al monolito último, la tumba en la que al día siguiente yacerían las cenizas de mi padre. Filmé las montañas de la cordillera que flanquea el valle, aquella por la que tras un día y una noche de camino, a pie y sin dormir, escapando de Nacionales y de Republicanos, mi padre y mi abuela, con un cerdo atado a una cuerda, habían llegado al pueblo una tarde de septiembre de 1937. Filmé el recorte de esa cordillera varios minutos, y luego más minutos, lo filmé insistentemente, una y otra vez, como quien quiere revelar una fotografía que no existe, como si tras el filo de la cima, de un momento a otro fueran a aparecer sus dos siluetas acompañadas de la del animal.

Dejé atrás las últimas casas, no sabía hasta cuándo ni dónde, pero continué caminando. La última vez que había hecho ese camino había sido en diciembre de 2005, cuando había ido solo al pueblo, a escribir, habiéndome quedado incomunicado por la nieve, estancia que daría lugar a la escritura del poemario *Antibiótico*. En aquel lejano año ya tan sólo había un residente a tiempo completo en el pueblo, un anciano a quien en todo aquel mes nunca vi en carne y hueso, tan sólo sus pisadas en la nieve, que cada tarde una fuerte nevada borraba para, al día siguiente, cuando me levantaba, verlas allí de nuevo. La nieve es una redundancia, sí. Y me sorprendí pensando cómo es posible que dos humanos incomunicados durante un mes en un lugar tan remoto no hicieran gesto alguno de acercamiento; parece contravenir todo principio de supervivencia. Un resplandor comenzó a asomar detrás de las montañas; amanecía. A lo lejos, vi perfectamente el arranque del camino que serpenteando laderas lleva a Peña Cefera; pensé en hacer al día siguiente un tramo, quizá coger arándanos. Filmé esa montaña en color, pero en la pantalla apareció en blanco y negro. Los ruidos de los campos y del bosque, de la propia carretera, de las cunetas y del asfalto, con sus faunas y pequeños hábitats fueron despertando, parecía que lo hicieran a mi paso, que yo les diera vida. También a la cigüeña, que, asidua al campanario, me sobrevoló, y pensé que no era posible saber cuándo ese pájaro había comenzado a volar, nadie podría datar el origen de ese vuelo, un dato simple, vulgar, que, no obstante, permanecerá oculto para siempre, y que ése y no otro es el misterio que reverbera en todas y cada una de las cosas que vemos: asistimos a un tramo de su vida, sólo eso. Con las personas ocurre lo mismo. Una hora más tarde llegué al pueblo natal de mi madre. Ya era de día cuando entré a saludar a mis tíos, siempre hospitalarios, quienes se sorprendieron al verme allí a esas horas. Mientras tomaba una taza de café con unas tostadas que sólo ellos saben preparar, pensé que la enfermedad de mi padre la habrían padecido millones de humanos antes, se trataba de una enfermedad antigua, y que esto era tanto como decir que durante el año y medio que la había padecido, su cuerpo era tan viejo como la humanidad al completo. No sólo unas cenizas son todas las cenizas. También a veces un cuerpo es todos los cuerpos.

Cuando regresé a la casa, todos estaban levantados. Por la tarde, con bastante antelación, nos vestimos para el funeral. Menos yo, todos habían traído ropa para la ocasión. Mi madre no lloraba. Por primera vez no lloraba. La urna de las cenizas había permanecido donde la habíamos dejado el día anterior, sobre una nevera antigua, ya en desuso, que por algún motivo nunca nadie ha tirado. Se acercaba la hora y nadie se decidía a coger la urna, nadie hacía el gesto. Entonces nuestro sobrino la cogió y echó a andar hacia la iglesia. Todos le seguimos. Es el pequeño de la familia y todos le seguimos. Una vez en la iglesia, puso la urna delante del púlpito, en el suelo. Después de la misa, también fue él quien tomó la urna y echó a andar hacia el cementerio, tras el cura, párroco que, al traspasar la verja, miró hacia atrás y en relación con la ubicación exacta de la tumba dijo, «bueno, dónde es», como quien entra en un bar y pregunta por el lavabo. Me pareció imperdonable. El cielo se nubló parcialmente. El cura dijo unas palabras. Me vi entonces haciendo algo que nunca hubiera imaginado que haría, me agaché, cogí la urna de las cenizas, pesaba muchísimo, e intenté introducirla dentro. Para pánico de todos, no cabía. La abertura de la losa de mármol que días antes el enterrador había dejado preparada era ligeramente menor que el diámetro de la urna. Un par de milímetros que lo cambian todo. Tras unos instantes de indecisión, entre varios empujamos la losa hasta asegurarnos de que la abertura fuera suficiente. Tomé la urna de nuevo y, ahora sí, la deposité dentro, sobre la superficie de cemento que el día anterior había fotografiado vacía; dudé si ponerla en el centro, o a un lado, o más al fondo, o quizá cerca de la cabecera. No tengo ni idea de dónde la puse, pero fui perfectamente consciente de que era la última vez que mis ojos iban a contemplar ese interior en vivo. Solemos hablar con fascinación de la primera vez que hemos visto algo, pero nunca sabemos cuándo será la última vez que tendremos delante una determinada imagen. Ser consciente, en vivo y en directo, de esa última vez produce una mezcla de excitación y miedo, pero sobre todo una lejanía que tiene que ver con lo profundamente remoto, la sideral oscuridad que hay en todo objeto, grande o pequeño. Después deslizamos la losa de mármol hasta que la tumba quedó sellada. El sol salió de nuevo, nadie llevaba gafas de sol. Nos quedamos en silencio, mirábamos el mármol y parecíamos no mirar nada. Éramos un anuncio de la tele al que le hubieran retirado el producto anunciado. Miré el reloj, 7.34 de la tarde. Sonó un disparo. Tras las montañas —supe al día siguiente— unos cazadores abatían a un corzo.

Una vez de regreso a la casa, los familiares más cercanos se quedaron con nosotros. Algunos salimos a fumar un cigarrillo. El viento se levantó de nuevo, me toqué entonces el pelo y noté algo duro en la nuca, lo agarré con los dedos, tiré con fuerza hasta que se desprendió. Se trataba de una garrapata. Ante mi incredulidad, uno de mis primos, que en ese instante salía de la casa, me lo confirmó. Les conté entonces que pocos meses atrás, en abril, en un avión que hacía la ruta Detroit-Boston, me había pasado lo mismo. Se rieron, aquello ayudó a relajar el ambiente. Yo no supe cómo interpretarlo.

Nada más regresar a Mallorca, lo primero que hice fue descargar todas las películas que había filmado en el pueblo, imágenes proveídas de un pulso tal que me llevaba a pensarlas como pinturas definitivas, las imágenes de mi vida. En el transcurso del trasvase algo pasó, apreté el botón inadecuado y se borraron todas. Nunca como en ese momento odié tanto a Apple. Me quedaban las fotografías, pocas, que del interior de la tumba había hecho el día anterior al entierro. Abrí los archivos. Los ladrillos a la vista, más rojos si cabe que al natural; la humedad, más húmeda si cabe que días atrás; el suelo de cemento, más cemento que nunca, y sin embargo parecía haber recuperado su calor: ante mis ojos ardía. En vez de imprimirlas decidí dejarlas en formato de archivo informático, con la utópica idea de que de ese modo no envejecerán, una eternidad llamada «jpg», mitológica ficción que en este caso emocionalmente me convenía.

ABSOLUTAMENTE DESPUÉS

Una sucesión de autorretratos de Van Gogh, una sucesión de autorretratos de Warhol, una sucesión de fotografías de portadas de la revista *Pig International*, o esa sucesión de elementos químicos que, puestos uno al lado del otro, conforman la tabla periódica. Cada una de las imágenes que hay en cada una de esas composiciones, tomadas de una en una, no son nada comparadas con la imagen que *emerge* al ver cada uno de los mosaicos al completo. En efecto, al contemplar una totalidad todo cambia de sentido, aparece una visión inédita. Algo parecido le ocurre al teclado de este ordenador, conjunto de simples letras que, combinadas en frases, dan el cuadro de la narración final.

Y voy llegando al final de todo esto y de pronto pienso que los fósiles son objetos encontrados, cosas que el azar pone en nuestras manos, pero las imágenes son objetos vivos, escogidos por la mirada, buscados por la pupila. Estas líneas han sido un vagar entre fósiles e imágenes. Nunca sabré si todo lo que he escrito habla de un padre que ya es fósil o de un padre que continúa vivo.

Lo que quedaba de julio y de agosto lo pasé en la Colonia de Sant Jordi, pueblo de la costa sur de Mallorca, en un apartamento de su paseo marítimo; por sus inmejorables vistas resultó ser una mezcla de calma paisajística y ruido ocasionado por las idas y venidas de los veraneantes, principalmente isleños. Por primera vez en muchos años no pasaba un verano fuera de Mallorca. En lo que respecta al llamado veraneo de playa, mi experiencia hasta entonces era literalmente nula. Como se habrá podido adivinar, por el tipo de familia que me tocó en suerte, ni de pequeño ni de adulto había pasado más de un día seguido en una playa, ni mucho menos realizando las actividades que a tal situación se le suponen, tales como tumbarse en la arena, comer arroz y ensaladas, la siesta, cerveza a media tarde acompañada de algún campeonato de fútbol televisado, y cenar entre el rumor del mar y las mesas de otros veraneantes. Y esta vez tampoco lo hice. Lo intenté, pero no tardó más de tres o cuatro días en asomar tras el horizonte el aburrimiento. Ocurrió entonces que la costa de esa parte de la isla, sureña y seca, de una roca caliza que emula un paisaje lunar, rodeada de matorrales y *garriga*, y tomada por un olor netamente salado, se me presentó como algo originario y excitante, primordial y violento, casi homérico. Una noche me desperté, consulté el reloj, las 4.30 de la madrugada;

comencé en ese momento a pergeñar un proyecto, al que instantáneamente bauticé Agosto-Mecanismos. Se trataría de, cada día, grabar durante veinte segundos una vista de la costa, siempre desde el mismo punto, pero hacerlo una hora más tarde que el día anterior, y acompañarlo de un texto que me viniera sugerido por la filmación. Tras 24 jornadas habría entonces grabado esa misma panorámica en cada una de las 24 horas del día.

Me levanté, me abrigué y salí a la calle. Un bar cercano, parada de pescadores que salen a faenar, ya estaba abierto. Caminé hasta un extremo de la playa, donde la arena se convierte en material rocoso y arranca un sendero que te lleva de cala en cala. Casi tropiezo con un tipo que dormía. Lo habíamos visto aquellos días merodear por el puerto; relativamente joven, utilizaba unos pantalones de seda bombachos, como los moros en los telefilmes, y una camisa, también amplia, bordada de brillantes abalorios. El fakir, le habíamos apodado; parecía vivir de lo que le daban en los restaurantes, y cuando no tenía esa suerte, de pedir en la calle. Cuando le rebasé se hallaba tumbado en la arena, boca arriba y con los ojos abiertos, una ligera sábana lo cubría y su cabeza se apoyaba en una piedra de cantería, sin duda residuo de una casa que en ese extremo de la playa permanecía desde hace años a medio construir. Avancé por el sendero, casi no había luna, debía tener cuidado con no tropezar. Atravesé dos pequeñas calas, llegué a unas cabañas de pescadores, típicas de la zona, no aptas como vivienda, tan sólo provistas del espacio para guardar la barca y una rampa que penetra directamente en el agua. Meses atrás había estado releyendo el libro *Experiencia y pobreza (Walter Benjamin en Ibiza, 1932-1933)*, de Vicente Valero, donde este autor ibicenco describe las vivencias del pensador alemán en esa isla, y donde junto a un mar transparente y sereno Benjamin se había instalado en una especie de casa sin luz eléctrica ni agua corriente, que imaginé muy parecida a las casetas que yo ahora tenía delante. Me vino a la cabeza un momento en el que Benjamin dice que personajes mágicos y mitológicos, como lo son las hadas que nos conceden deseos, o como lo es el guardián del bosque que nos proporciona un tesoro, «a todos se nos aparecen al menos una vez en la vida». Me senté. Comencé a probar encuadres, grabar con la cámara del smartphone en varias direcciones; me gustó especialmente una vista que señalaba a un faro. Dado que, según había concebido el proyecto, cada día grabaría a una hora más tarde que el día anterior, necesitaba previamente ver cómo funcionaba aquello en cuanto a luz en las diferentes horas, de modo que estuve allí sentado, grabando cada hora hasta que salió el sol. En los dilatados tiempos muertos, y debido a la forma de arco que tiene la bahía, vi los barcos de los pescadores salir del puerto, y a lo lejos los bares, que a las 6.30 de la mañana comenzaban a sacar las mesas a las terrazas.

A las 12 del mediodía tenía ya muchas grabaciones de prueba, suficientes como para saber que aquel emplazamiento me convenía. Regresé al apartamento. Estoy hablando de los últimos días de julio.

El 1 de agosto, puse el despertador a las 4.30 de la madrugada, me levanté, salí a la calle, llegué al final de la playa, el fakir dormía en su sitio, me pareció que dormía con los ojos medio abiertos, lo rebasé, caminé el sendero y media hora más tarde estaba filmando los primeros veinte segundos de costa. En la pantalla todo era oscuro, sólo el destello intermitente del faro, y el ligero rumor de las olas cuando con suavidad llegan a las rocas. Regresé al apartamento, me instalé en la terraza. Amanecía. Algunos vecinos ya desayunaban pero predominaba el silencio. Monté el vídeo, encabezado por el texto informativo:

1 de agosto
5.00 am
20 segundos de la costa de Mallorca

Seguido de este otro:

El homo sapiens que cazó y dio muerte al último neandertal cazó también para nosotros la primera imagen.

En algún lugar de esa oscuridad hay una isla. Se trata de una imagen. Lo sé por la luz del faro.

CRÁNEO (definición): caja ósea que contiene el cerebro.

Acto seguido, lo subí a mi blog, enlazado con YouTube.

Procedería cada día de este modo. Como he dicho, veinte segundos de grabación, siempre en el mismo lugar y una hora más tarde que el día anterior. Después, montaba el vídeo para añadir un texto que me viniera sugerido por la imagen. Así hasta el 24 de agosto.

En ese mes diferentes amigos vendrían a visitarnos, en ocasiones se quedarían a dormir. Hacíamos entonces cenas o salíamos a dar una vuelta por la noche; el calor impedía caminar a otras horas. Ellos iban a la playa y yo me quedaba en el apartamento. Como es mi costumbre, nunca cuento lo que tengo entre manos; no por avaricia; ocurre que si verbalizo lo que está sin terminar, de algún modo en mi cabeza se acaba al momento, no puedo seguir con ello, como si tocado ya por la luz del habla, todo proyecto instantáneamente se destruyera. Por eso cuando daba la hora de ir a hacer mi grabación del día, poniendo cualquier pretexto me ausentaba y regresaba una hora más tarde. En una ocasión, ya muy entrado agosto, en la que se habían quedado a dormir parejas amigas, me levanté a las 3 de la madrugada; me tocaba filmar a las 4 am. Me puse unos shorts vaqueros que yo mismo me había confeccionado cortando las piernas de unos viejos, y fui a la cocina, bebí agua, tomé la cámara de vídeo y antes de salir dirigí la mirada hacia la habitación donde, con la puerta abierta, las parejas dormían. La luz de una farola de la calle iluminaba sus cuerpos, semidesnudos debido al calor, postrados en posturas parecidas a las de los cuerpos de Pompeya, inmóviles incluso en su respiración. Cenizas.

Tras filmar, regresé y horas más tarde, ya todos resucitados, desayunamos juntos. Se vistieron sus bañadores y bikinis y fueron al supermercado a comprar comida para llevar a la playa. Me quedé en el apartamento, comí una ensalada que me hice con lechuga, tomate y unos trozos de bacalao seco, y me senté a ver el telediario. Había pasado más de un año desde las protestas del 15M, aquel verano la prima de riesgo de España estaba en su cota más alta y en la pantalla el ministro de Economía decía: «Los mercados se comportan irracionalmente», lo que me dio pie a pensar que lo único que se comporta de manera racional es la muerte. Durante aquel mes el fakir nunca abandonó su rectángulo de arena salvo para pedir comida en los bares y lavarse en la ducha pública de la playa. Un día, sin más, cambió de forma de vestir y se ató el pelo en una coleta, que durante años ya nunca se quitó.

Al mismo tiempo, continué escribiendo unos versos que durante los días del entierro, en el pueblo de León, había comenzado a pergeñar, poemas que venían a juntarse con lo que en ese momento estaba escribiendo para los vídeos de Agosto-Mecanismos. Entendí entonces que me desdoblaba, me convertía en dos, tenía dentro de mí las dos partes que componen el duelo. Quiero decir que, por un lado, lo que estaba escribiendo inspirado por el entierro en León era una suerte de fósil; por otro lado, lo que estaba escribiendo para el proyecto de Agosto-Mecanismos era algo vivo, en curso. Comenzó entonces la duda de qué hacer con aquellos dos materiales, en apariencia dispares. Llegado septiembre, alcancé el convencimiento de que debía juntar ambas partes, la fósil y la viva, en un solo documento, y tras unas pocas pruebas se obró la magia: barajadas entre sí las dos partes, daban la cabal e integral idea de lo que quería expresar acerca de la muerte de mi padre. Aquellos textos, vistos por separado, señalaban instantes, destellos, pero juntos iluminaban la totalidad de un tiempo, una experiencia orgánica y continua. Esa experiencia tomaría forma poco tiempo más tarde en el libro *Ya nadie se llamará como yo*.

Llegó el otoño, que invertí en terminar la redacción de la novela *Limbo* y en leer la monumental *Visión desde el fondo del mar*, de Rafael Argullol. También, cuando me cansaba de mi novela, me despejaba hojeando textos teóricos como *El oficio de científico*, de Bourdieu, el citado *Experiencia y pobreza*, de Vicente Valero, o *Lo abierto (el hombre y el animal)*, de Giorgio Agamben, libros todos ellos que ya había leído pero cuya relectura parcial o total me evadía por cuanto suscitaba derivaciones, casi juegos. Siempre hago lo mismo: trabajo en un texto muchos días seguidos, y de pronto lo abandono u olvido completamente durante una larga temporada. Cuando lo retomo, lo que parecían dificultades se desvanecen y se disparan insospechados y nuevos caminos; y lo que continúa siendo farragoso —indicativo de que no valía para nada— lo abandono definitivamente. Se trata de un método de trabajo que, cuando estudiaba la carrera, leí en un libro de Bertrand Russell, y que siempre me ha funcionado.

Mientras releía el citado libro de Giorgio Agamben, me sorprendió encontrarme con un capítulo titulado «Garrapata». Viene encabezado por una cita de Heymann Steinthal, «El animal tiene memoria, pero ningún recuerdo», para describirnos después las teorías del fisiólogo alemán Jakob von Uexküll, quien afirma que el mundo que vemos los humanos no es el mismo mundo que ven los animales, los cuales, y cada uno a su modo, se hallan inmersos en un campo de signos y señales invisibles a nuestros sentidos, señalizaciones del espacio y del tiempo que son su particular universo. A esos signos Uexküll los llama «portadores de significado», y son los únicos acontecimientos que el animal puede ver. Un bosque, por ejemplo, no es un entorno objetivamente determinado para todos por igual; incluso ocurre entre los humanos. El leñador ve un bosque y el agricultor ve otro bosque, el humano urbano ve un bosque y el humano marinero ve otro bosque. Así también, el oso ve un bosque y la garrapata ve otro bosque. No hay dos bosques iguales, todos ellos son intransferibles, y en cada uno hay unos *portadores de significado*, que determinan cada una de las realidades del correspondiente animal o humano. Así —dice—, la principal tarea del investigador cuando observa a un animal no es verlo con los ojos de un humano sino intentar reconocer qué *portadores de significado* asisten a cada animal. Podríamos pensar, pues, que la garrapata chupa la sangre de los mamíferos porque *ama* el gusto de la sangre, pero no es así. Según varios experimentos —sigue diciendo Agamben—, la garrapata carece por completo del sentido del gusto, sencillamente absorbe ávidamente cualquier líquido que tenga la temperatura justa, los 37 grados de la sangre, y huela a ácido butírico. Son esos dos —y no otros— los *portadores de significado* de la garrapata. La garrapata no es el insecto que vemos, sino esa *relación* de estímulos, dentro de los cuales vive. Fuera de ellos, para ella no hay nada.

Creo haber contado al principio de estas páginas el modo en que me fue trasmitida por mi padre la relación con la naturaleza: no atribuirles a los animales cualidades humanas. Ni la flor *quiere* ser polinizada por el colibrí, ni el oso *siente pena* por su cría muerta. Somos nosotros quienes queremos que la flor sea polinizada y somos nosotros quienes al ver la cría muerta sentimos pena. Por ello no miento si digo que, cuando medio tumbado en el sofá de mi casa, leí todo eso percibí una identificación inmediata. Más adelante cuenta Agamben que en un laboratorio de la ciudad de Rostock, Uexküll mantuvo viva a una garrapata durante dieciocho años, sin comer y en condiciones de absoluto aislamiento de su entorno, y termina aventurando que en ese «periodo de espera» la garrapata se encontraba en «una especie de sueño semejante al que nosotros experimentamos por las noches». Di entonces un salto en el sofá. De inmediato recordé las dos únicas garrapatas que hasta hoy han venido a depositarse en mi cabeza, una el día del entierro y la otra en el aeropuerto de Boston, el mismo aeropuerto en el que mi padre, en 1967 y rodeado de animales, y al igual que yo, había hecho una parada técnica. Y me dije si no habrían estado esas dos garrapatas incubando también un «periodo de espera» que, «en una especie de sueño», y a fin de comunicarme algo importante, las hubiera tenido desde 1967 fabricando el definitivo encuentro conmigo, el encuentro de un humano con su *pasado absoluto*: mi encuentro con mi pasado antes de haber yo nacido.

Muchos años más tarde, en 2020, casualmente caería en mis manos un libro, por el cual me enteraría de que la esposa del zoólogo Uexküll había tenido una casa en Capri, y que en 1924 se la había alquilado al filósofo alemán, ya aquí citado, Walter Benjamin. La casualidad toma tintes realmente extraños cuando me entero de que en la actualidad esa casa es un pequeño hotel, La Floridiana, precisamente el hotel en el que en aquel viaje a Capri en

2002 yo había deseado quedarme a dormir para, tal como era entonces mi costumbre, llevarme un trozo de papel higiénico, luego escanearlo y ver qué moteado de píxeles aparecía en la pantalla. Y ahora me pregunto si acaso el píxel es a la imagen de las pantallas lo que la garrapata es a nuestros cuerpos: un parásito.

Llegaron las Navidades, finales de 2012, y estando de visita en casa de mi madre encontré la hoja en blanco en la que aparece la dirección:

> http://www.montevideo.com.uy/nottiempolibre_116072_1.html

Podría no haberlo hecho, podría haber tirado la hoja a la basura o simplemente pasar de ella, pero me dio por teclear la dirección web. Nada más emerger la página a la pantalla, se comprueba que, en efecto, se trata de una noticia acerca de uno de mis viajes de trabajo a Uruguay, y, en mayúsculas, puede leerse: ELOGIO DE LA LOCURA, CON AGUSTÍN FERNÁNDEZ MALLO, y más abajo una extensa entrevista que comienza con una declaración mía, «El lector contemporáneo vive en un mundo que ya no es coherente», que me pareció una completa tontería.

Al día siguiente, con fluidez y sin esfuerzo comencé a escribir el primer borrador de todo esto, una escritura que en todo momento venía rodada. Lo terminé poco antes del mes de junio. Estaba satisfecho con el resultado pero empezó a crecer en mí la idea de que todo había sido demasiado fácil. Cierto que por lo general los libros que hasta entonces había escrito no me habían resultado especialmente trabajosos, incluso creo que todo lo bueno que hubiera podido escribir hasta entonces se correspondía precisamente con las páginas que me habían salido sin apenas esfuerzo, pero este caso era distinto, una especie de culpa ante tanta facilidad me impedía tener la conciencia tranquila. No puede ser, es absurdo, me decía, que algo tan importante para mí, mi libro más personal e íntimo, haya podido escribirlo como quien pasea bajo un acogedor sol de primavera. Una ridícula culpa fue así creciendo, y el cargo de conciencia, imparable, ocupó todas las horas del día, sensación que duró muchos años, como quien dice hasta anteayer, dilatada espera en la que a menudo regresé al texto, añadiendo aquí, quitando allá, o durante algunas temporadas reescribiéndolo de un modo totalmente obsesivo. Nada me convencía completamente. Hasta que me di cuenta de que lo que le faltaba a todo este haz de recuerdos tecleados era, precisamente, la materia, la materialidad de las cosas, porque juntar palabras en una computadora es un juego de prestidigitación, al cabo una trampa como otra cualquiera; lo difícil es crear la mismísima carne de esas palabras. El texto carecía, en definitiva, de algo que ni éste ni ningún otro texto jamás podrá tener, la materia que asiste a los cuerpos, la carnalidad; en este caso, la de mi padre. El día que plenamente asumí esa carencia, bajé a la calle, entré en la papelería que hay en el bajo de mi edificio, y elegí los materiales de escritura más matéricos y carnales de los que el establecimiento disponía: una sencilla pluma, varias cajas de cartuchos de tinta y un taco de quinientos folios, y regresé a mi casa con la intención de reescribir palabra por palabra, línea por línea, punto por punto todo este libro, a mano, sin importar el tiempo y el esfuerzo que emplease en ello. ¿Una purga?, ¿una penitencia?, ¿un patético acto heroico? Quizá simplemente construirle un cuerpo vivo al cuerpo muerto de mi padre, verlo como si lo viera por primera vez. En cualquier caso, se trataba de algo que no admitía la operación de cortar y pegar lo ya existente, sino realizar algo absolutamente nuevo para mí, un verdadero objeto volador dotado de un movimiento no balístico.

Un mes más tarde, con el antebrazo derecho ganado por una tendinitis, y tras copiar las primeras decenas de páginas a mano, al llegar a aquella en la que había insertado la fotografía de la vaca que, mirándome a los ojos, me recordaba a la portada del disco *Atom Heart Mother*, fue escribir a mano la palabra *Mother* y aparecérseme mi madre de una manera diferente a como la había venido recordando hasta entonces. Me detuve en seco. Volví a escribir *Mother*, y acto seguido lo escribí otra vez, y una vez más, y cada vez que lo hacía, tinta y palabra ganaban gravitación, peso. Me di cuenta: era mi madre la verdadera carnalidad de mi padre, así como mi padre la verdadera carnalidad de mi madre. Desde siempre había tenido esa obviedad a la vista, evidencia que, probablemente ciego de palabras, no había detectado. Dos humanos que se amaron durante sesenta años. Por eso sé que el amor existe, y este hecho cierto es la genuina herencia que me han dejado. Perdí interés por seguir copiando a mano el texto. Más que perder interés, dejó de tener sentido. Lo que había estado buscando lo había encontrado. Aquella certeza por la cual narrar la vida con tu padre imposibilita narrar al mismo tiempo la que has vivido con tu madre se desvaneció por completo, y como quien llega a la cima del Everest y antes de comenzar el descenso se demora unos minutos en el más alto paisaje terrestre, dejé a mi padre y mi madre detrás de mí, en la cima, unidos para siempre en una Tierra que de pronto dejó de ser plana para volver a ser esférica. Sólo entonces pude empezar a pensar en otros libros, otras ficciones, otras vidas reales o inventadas.

ÍNDICE

9 Antes
149 Después
221 Absolutamente después